XIAOXIAOSHUO
JINMAQUE JIANG
(2015—2017)
HUOJIANG ZUOJIA ZIXUAN JI

小小说金麻雀奖
（2015 — 2017）

获奖作家自选集

朵 拉 著｜杨晓敏 梁小萍 主编

年轻的明信片

河南文艺出版社
· 郑州 ·

图书在版编目（CIP）数据

年轻的明信片/朵拉著. —郑州:河南文艺出版社,2018.11

（小小说金麻雀奖（2015—2017）获奖作家自选集/杨晓敏,梁小萍主编）

ISBN 978-7-5559-0756-5

Ⅰ.①年… Ⅱ.①朵… Ⅲ.①小小说-小说集-中国-当代 Ⅳ.①I247.82

中国版本图书馆CIP数据核字(2018)第256521号

出版发行　河南文艺出版社
本社地址　郑州市金水东路39号出版产业园C座5楼
邮政编码　450018
承印单位　河南瑞之光印刷股份有限公司
经销单位　新华书店
纸张规格　890毫米×1240毫米　1/32
印　　张　6.75
字　　数　121 000
版　　次　2018年11月第1版
印　　次　2018年11月第1次印刷
定　　价　20.00元

目　录

原来的房间

我推开门，房间的摆设没变。

浴室在右边，狭长走道过后，有一张双人床，床边有个小书架，七颠八倒的书摆得太满，书架快支撑不住，有点倾斜，却没倒下。

没有梳妆台的房间有一张书桌、一把椅子，书桌上一台手提电脑。

面对着电脑的女人背对着我，我看不见她的表情，但听到她的哭泣。不是哀号的呼叫，而是幽幽的，呜呜呜的，似乎哭得太久了，可悲伤还在，无法停止地泣着。

那呜咽幽怨的哭泣，叫人忍不住要跟着流泪，一种穿透心肝肺腑的悲哀，仿佛永远不会消失。

电脑里有什么让她心碎的消息？

她身边的窗帘扬起来,风吹拂进来,她的头发飘扬起来,卷卷的长发竟有几丝白花花。

已非青春年少,尚有难以抑制的悲伤?

来到中年,难道不知道,任何事情皆不值得哀伤过久?所有的一切,好与坏,最终都会过去。

只要愿意把一切交给时间。

离开这个房间,到今天回来,起码三年了。三年里,经过风,经过浪,一些云,一些海。当时走出去,幻想可以把从前放下。总以为远离事情发生的地方,眼不见为净,等时间走过,再回来过新生活。

可是——

我站在旧日的房间里,看见当时的我,还在对着电脑,哭泣。

干 洗 的 衣

她原本没打算购物,走进商场是去喝咖啡。

咖啡店在商场二楼。

在底层泊好车,他带她走上楼,经过一间服装店,橱窗里模特儿展示一件高领阔袖短衣,稍暗的绿,衣袖两边钉满五颜六色的珠片,珠片色彩以桃红为主,本来颜色暗沉的衣因此亮丽起来。

她的眼神充满恋恋不舍,逐渐缓慢的步伐索性停下。

"喜欢?"如此明显的爱恋表情,他当然看得见。提的是多余的问题,也是刻意,一种讨她欢心的手段。

她微笑不语。

他走进去,叫售货员选她身形号码给她试穿。

试衣室的门重新打开,连他也不得不惊艳。这衣在模特儿身上远远比不上她穿得好看。

长得白是她引以为傲的优点,这衣衬得她更肌肤似雪。再加上布料质地的贴身,苗条又圆润的美好身材完全展现在他眼前。

他毫不犹豫划了卡。

她心里有一种被疼爱的喜悦和感动。刚从乡下到城市工作的她,遇到生命中第一个送她如此名贵礼物的男人。

之前不是没收过礼物,一盒糖果、一只小玩具熊、一罐名牌饼干、一个发卡……都是些廉价物品。最贵的是一个塑料带手表。

收下这件衣服过后,她对上述的小家子气礼物更没兴趣。

一件衣服可以吃三个月!她三个月的伙食费比那件衣还要便宜。衣服的价格叫她不敢置信,但她外表并没流露出惊讶。掩饰自己是一些女人的长项,不必演习,像卖弄风情一样,天生就懂。

这样大手笔的阔气作风,从前不曾看过。后来,男人定期送她名贵礼物,鞋子、皮包、钻石、汽车、房子。

心理学有个名称叫"幸福递减率",意思是"人们从某一单位物品中所获得的幸福感,会随着所获得的物品的增加而渐渐减少。当你拥有越丰富的物质,你对于物质的幸福感觉反而减低"。

这种幸福递减率在她身上产生了强烈效应。不仅对收礼物的喜悦转成麻木，收到礼物的想法也在改变。

今天送这个，明天送那样，为了要她对他好一点。礼物多大，她得付出相等代价。住进他送的豪华房子后，她的愉悦欢欣，比一朵长在河边的凋零落花掉进水里的涟漪还小。

她开始清除那些跟着她搬进来的物品。

许多东西在搬迁的过程中不断跟着走，因为舍不得。也有些东西在时光中不知不觉消失，除了用的、穿的，还包括她的清纯幼稚。

橱柜里的衣物全拉出来，慢慢清除筛选。不必为生活烦恼后，辞去工作，每天喝茶吃饭和购物。

有些衣物买了好久，牌子尚挂着，尽管全新，现在重看，款式已过时，再收着，也不会穿上。

衣服收藏越久越旧，越不值钱，越没人要，不像古董名画，她决定丢掉。最近读一本叫《断舍离》的书，她也要仿效作者，当一个环保现代人。丢了半个衣橱，开始看见空间的快感，让她丢得更快。

认识他以后，她想要的东西逐渐增加，名牌衣服皮包鞋子，再到金银珠宝，又到汽车房子。拥有欲像热带雨林的树，不停往上疯狂地生长，至无法控制的阶段。

许多东西拥有以后，并不一定用得上。面对一柜子叠高的塑料袋包装着的干洗回来的衣服,第一件打开的,正是那高领阔袖暗绿的短衣,衣袖两边钉着的以桃红为主的五颜六色亮片也没有丝毫褪色迹象。这是她首件昂贵的衣服,一回穿去出席宴会,阔阔的袖口沾到酱油污迹,返家想起售货员的交代:"这衣服需要干洗。"她一直以为用洗衣机洗衣就是最高级了,从没听过干洗是怎么回事。

拿去干洗店,木无表情的脸孔说:"二十元。"洗一件短上衣二十元?她愣了一愣,之前在路边买的衣,一件也不过十块钱呀!

洗衣比买衣更贵!第一次干洗嫌贵,后来她就有了很多需要干洗的衣物,都是名贵的牌子。名牌衣物穿在身上就是不一样,人看起来华丽高贵,气质优雅,且增添了美丽。

名牌衣服需要提个名牌皮包,再配名牌鞋子,还有首饰、化妆品、护肤品,结果她生活中再也离不开名牌。

"一切,都是从这一件干洗的衣服开始!"她终于找到罪魁祸首了!

那闪亮的亮片,刺眼得她禁不住,眼泪突然流了下来。

魔　法

"我不知道应该怎么办。"她一脸无助,问我。

我也不知道应该怎么办。

我心里给她的答案,没有说出来,因为她那绝望迷茫的神情,令我于心不忍。

纵然是多年老友,亦无法扮演说真话的角色。

真话没有错!

这句话亦没错,可是不要接受事实的人,绝对收不下。

人们只愿意接受自己想要的答案,越是真实,越难以让人听得进去。

所以彷徨,无所适从,手足无措。

你可以骂她是自找的,只不过,陷在情爱里的人,无法自拔,是很悲惨的。

那种感觉只有经过那种痛苦的人才明白。

而陷在一个只有单独一人的爱情里,更加悲惨。

倘若这份单独一人的爱情,曾经是两个人的,那样比更加悲惨,还要多一个更加,意思是更加的更加悲惨。

在这样凄恻怆伤的情绪里,她的耳朵被悲伤塞住,什么也听不到。

"他说要离开我。"她说,闭上眼睛,深深地吸一口气。

这也不是新鲜的话题。

"我说不要。"她继续说,张开眼睛,"他说不能再这样下去。"

重复的故事情节,时常观赏的观众,没有吸引力。

她又问我:"什么叫不能再这样下去?"

她听了多次,问过多次,就是不肯真正思考到找出结论,却拿来考我。

难度这样高的私人问题,如果我是信箱主持人,我也会被她问倒。

两个人之间的爱情,唯有他们才清楚。

爱与不爱完全是感觉。

感觉异常个人私己,说也说不出来,形容词毫无用途。

旁边的人不必多言更无从插手。

咖啡在快乐的时候,飘着香醇的味道。可是,在哀伤的时刻,咖啡同样什么也不知道地飘着香醇的味道。

我啜一口,吞咽下去,没有给她答案。

我没有答案。

"当初为什么要开始?"她叹息,又提了新的问题。

新的问题,也是旧的问题。她不停地兜圈子,走不出来。

简直就是佛教的因果论。

当时我劝告她别开始,她一脸陶醉:"那么快乐,从来不曾有过的感觉,你叫我如何逃避和放弃?"

她居然懂得用逃避这个字眼,可见那是浮游在她胸臆间的,她幽微的心事。

她明知应该逃避。

"当初已经过去了。"我提醒她。此刻才回想当初,早就来不及,根本是多余,不过是不好意思三番四次说她。

粤语谚语:有早知,没乞儿。人人都大富大贵去了。

"是的。"她倒是很受教,"已经过去了。"

说得好像接受现实,已经醒悟的样子。

"就让一切过去吧。"我终于抑制不住,劝告。

"可惜。"她依然叹息,"过不去。"

过去过不去,是她的心在阻挡。

过去是流水,滔滔不绝地流,最后便流走了,像时光。

她的今天正是我的过去。

失恋好像比死还难过,过着生不如死的日子,麻木不仁地一天一天,生但没有活着。

然而人死去才不能回来,没死却想回来,理想的方法是让感情死去,让人复活。

不容易,不过,一旦复活的时候,就会发现爱情不过是生命的一个部分,失恋是让人成长的很好方法。

她还未曾经历这一段,不会了解。

"也许,我要去剪头发。"突然她建议。

没头没尾来一句,和失恋有什么关系?

我放下手上的咖啡杯,脸上写着疑问。

"魔法书上说,有个拥有永恒爱情的方法,"她突然变得兴致勃勃,"把我的一小撮头发和他的,混合在一块,包进紫红色的布袋,密密缝好,收在枕头里,每当月圆之夜,就把枕头拿起来,对着月亮念咒语,那么我们之间的爱情就会永远存在。"

难道月亮会去提醒走开的人,有人在为他痛哭哀泣,叫他赶快回头?

这是什么魔术? 我想告诉她,不要痴心妄想,我想点醒她,心已经不在了,人不可能回来,即使人回来,有什么意思呢?

倏地回忆起自己曾经为爱情问神拜佛,还充满希望喝了念过咒语的符烧成灰泡出来的水,然后绝望地伤心流泪,消瘦憔悴,困在回忆的笼子里,足足三年走不出来。

人如果知道自己在做的是愚蠢的事，就不会去做。

一段不能让人幸福的感情，尽快放弃、马上丢掉才是明智的做法。

可是，再聪明的人，掉在感情的海中，自我感觉良好地浸泡日久，会变愚笨。

"现在，我陪你去剪头发。"把咖啡喝光了，我站起来，其他我什么也没有说。在她还相信有魔法的存在时，我说什么都没用。

芒果的味道

住在北部的她要吃芒果不难，这本是北部的农产品。

她喜欢吃芒果。

城里最近开了家甜品店，主打就是芒果。芒果西米露、芒果慕斯蛋糕、芒果流心、芒果雪花冰、芒果雪糕、芒果糯米卷等等，她最爱的是杨枝金露。

第一次点杨枝金露是在香港机场。那碗甜品是芒果、柚子再加芒果汁及椰汁调配而成，芒果颗粒和柚子颗粒一起吃，入口嫩滑的芒果，清脆并带汁的柚子，微酸和香甜，两种味道汇合得正好。两个不同的人，可以很好地相处，一碗香甜的杨枝金露也许就是很贴切的比喻。

细咀慢嚼，她吃东西一向慢，尤其甜品，完全是在品味而非吃饱。可是，他三两口就把一碗杨枝金露吃光了。

刚认识的时候,一起吃饭,她看着,没说,多次吃饭之后,她就提醒他,你吃东西太快了。

只有一次的生命,生命中的一切便都值得细细品味。

她一直在寻找,找一个明白细致缓慢,可以让生活益发丰富、日子有更多元层次的人。

尽管她很同情那些随便过日子、粗糙过生活的人,但要和这样的人在一起的话,她宁愿孤独。

本来寂寞早就成为她的好朋友,习惯以后,也就不在乎,一直到遇到他。

他并不知道她喜欢吃芒果,机缘巧合,正如他们的相遇。没刻意布局,他们在聊起来以后才晓得,两个人身边本来就有很多互相认识的朋友,一次次地错身而过,最终还是碰上了。

他到北部出差,买了芒果,带回南部,隔日到更北的城市去看她,带了一个芒果去。

"那么大的芒果?!"她惊呼,做了鼓掌的姿态,"没见过呢!"

切芒果的时候,她手法温柔而徐缓。想着他从北部买了,带回南部,又特地从南部带到更北的北部,送她。距离不是问题,重量也不是问题,感动的是他为她带来带去。"我吃过,很好吃,就带一个给你。"这是他说话的习惯,云淡风轻,听起来是简单小事,似乎并非蓄意的安排。

切了三分之一，已经满满一盘。那么大的芒果，他刻意搭飞机带过来的，一想，满心感动和喜悦。把水果当正餐不是首次，但把芒果当饭却是第一次。

她边吃，边想念在飞机上要回到南部的他，想起刚认识的时候。不能怪手机微信，但实在太方便，根本不需要见面，一来一往的，因为距离有点远，面对的又是机器，便以为没有关系，倾诉心事时少了戒心，等到发现说得太多，突然变成比时常见面的朋友更熟悉和了解。

他便知道她喜欢芒果。

从北部带了芒果回南部的家，再从南部把芒果带到北部送她。

她知道为什么，当然他也知道。

他没有说，她也没有说。

"好吃吗？"电话里他问。这电话表示他飞抵南部了。

"好吃。"芒果的味道很甜，但无论多么甜的芒果，吃到最后，总会微微带点酸。

就算吃杨枝金露时，人人都觉得太甜，可是，真正细品，她仍吃出一丝酸味。

回想起爱情这回事，就想到芒果，真是很好的比喻。一想到已婚已经有家庭的他不嫌麻烦，这么远把这么大的芒果带来带去，她的心，也变成芒果的味道。

慢慢地吃着芒果,细细地品着芒果的味道,芒果吃完以后,她的眼泪流了下来。

前　世

"你相信前世吗?"

她略犹豫:"我,年轻时候,不信。"语气更缓,"可是,岁月流过,有些事情叫人不知道怎么解释。"带点迷惘,"我不能说相信,也不能说不信。"

她的答案似乎没有答案,她犹豫的态度和口气,却隐约带着某些讯息。

他几次提起前世。没人听到他们的对白,如果听到,就知道他们在讨论的是一桩遗憾的故事。

"那时候,是哪一年?"他企图从她的答案探听她到底哪一年出世。他从言谈中知道她耿耿于怀。

她一直在意她比他大。

"我已经老了,有一天,在一处公共场所的大厅里,有一个男人向我走来。他主动介绍自己,他对我说:'我认识你,永远记得你。那时候你还很年轻,人人都说你美丽,现在,我是特地来告诉你,对我来说,我觉得现在的你比年轻的时候更美,那时的你是年轻女人,与你那时的面貌相比,我更爱你现在备受摧残的面容。'"1980 年,作家玛格丽特·杜拉斯已经 66 岁,走上前来的男人叫让·安德烈亚,那年 27 岁。他们的年龄相差近乎 40 岁,而且是女大男小,过后,他甘心做她的情人、司机、秘书、用人。这个年轻男子一直照顾杜拉斯,到她走不动了,连汤匙也拿不住,口水不停地流淌,到她病死,他成为杜拉斯最后的情人。玛格丽特·杜拉斯,她著名的小说叫《情人》,可是,书中的男主角却不是这个年轻的情人,而是她自己年轻时候的初恋情人,一个叫李云泰的中国男人。

他说着杜拉斯的故事,并强调"这不是故事,是真实"。

她的笑容带着忧伤和感谢。这只是特殊的个案,他岂会不明白。她感谢他的痴心。

曾经她也有过"找一个灵魂伴侣"的痴心妄想,岁月教导她,有些花永远没法绽放,也有花开了,结不成果。时间缓缓地流,她把梦想打成一包,在包裹外边写上憧憬两个字,收在心的储藏室角落里。憧憬,是永远不会实现的梦想。

她在餐厅等待早餐,女儿约她早餐,说有事要商量,但晚上老迟睡清早醒不来的年轻人时间到了人还没到。

他也在吃早餐，自己一个人，对着游泳池，阳光照射下的池水，波光粼粼，晴蓝的天空映在水里，游泳池变得蔚蓝，仿佛相爱的人，互相影响着对方的喜恶。前日办婚礼的装饰都收拾干净，标榜着美好圆满的沸沸扬扬的挂饰霎时间全消失无踪。

　　游泳池恢复原来的清爽样貌。

　　上个星期儿子娶媳妇，就在泳池边办婚礼。所有宾客说着祝福话语，不只祝福新人，也包括对他们夫妻的羡慕和赞赏。"结婚三十年尚如此恩爱！真是神仙伴侣，更是朋友中的模范夫妻，得向你们学习。干杯！"平常不喝酒，那一日特别，喝着，酒的味道有点苦。他们和一对新人一样，回应一脸笑容，带着婚宴上每个人都喜悦的表情，后来看照片，那笑像真的一样，朗朗地阔着嘴巴。谁也看不出来大家心里想什么。

　　她心里的挂碍很多，其中一个是他们之间的年龄，几次重提。他总觉得她性格太天真，和她的年龄毫不相符。她口气稍带感伤："这一点是你永远赢不过我的，我比你老。"他好胜，她知道。但在她面前，他姿态略低也不在乎。一个人愿意为另一个人低下身段，那是因为爱。她也知道。

　　听了这话他不开心，耸耸肩："两个人之中，总有一个年纪大些，不奇怪。"一副云淡风轻不在乎的样子。他气她的在意。每回吃饭喝茶、聊天说话，她的稚气叫他不相信她比他大。

　　她没有回答，只是听着，不出声。他的话语在她耳畔，那么贴近,仿佛听到他的气息,闻到他身上的味道。

那天晚上,他拥抱了她,她比他矮,脸正好贴在他胸膛,嗅到他身体的味道,听到他心跳的声音。已经不知道多少年没有靠近男人了,感觉很陌生,她吃惊的是自己喜欢那温馨,一种被疼爱的愉悦和动人,叫她眼泪突然掉下来。

认识他,知道他年轻,就没有提防。吃饭喝茶,正常交往。也没有听到擦出火花的那噼啪声响,或见到四射的火光,更没有心里像发疯样地敲鼓。一切自然得像水流,像花开。短信和约会越来越多,聊天的话题越来越贴近私生活,包括家庭。

他们因此听到彼此对另一半的不满。这也不奇怪,谁和谁日夜相处数十年,都会不满。过后她开始提高警惕,但约会时的快乐却让生命得到了表达、延展和绽放。

明明知道结果一定是惆怅,却拒绝不了过程的甜美。

手机铃声响,每天同一时间,他便打电话来。

接?不接?每天都有一刻的犹豫,可她无法抵抗听见他的声音在耳边的快乐。

他问:"你相信前世吗?"

"不相信。"她说。

"我相信。"他说。

"我们,是前世相欠。"他又说。

她不接话,拥抱事件过后,她不想把感情变得更复杂。如何保持纯粹的友情似乎越来越困难。他不断在前世这问题上纠结。说过多次，她不愿意接话，可是，今天的电话，他说："那个时候，我有叫你别等我。"

"那个时候?"她愣了一愣，"哪个时候?"

他在电话那边继续："是的，那一年，你先走。"停一下，把口气中的缺憾顿了一顿，"可是，我有告诉你，我一定会找你。"他又停一下，再继续，"我也有说，我说，不是，不是说，我是叫你，我有叫你不要等我。"

明知甜言蜜语只在说的时候有效，但乍听时刻，眼泪仍禁不住汩汩流。这么忙碌的他，居然为她编造前世的故事。

与君初相识，犹如故人归。难道这真的是前世吗?

她擦干眼泪时，女儿进来了。她装出没心事的微笑问有心事模样的女儿怎么啦。

女儿直截了当："我要离婚。"

她错愕地望着结婚不到一年的女儿。

"两个人相处，要包容，要谅解……"她停在这里，没法继续说下去。

当年她要离婚，母亲同她说这话，她容忍到今天。

女儿冷静地摇头："妈妈，很难。"

"他，他是好人。"她替女婿找优点，这句亦是实话。

"好人不代表可以一世相处。"女儿清楚自己要什么，"为什么要我继续不快乐的日子？"

"前世相欠。"她突然说。

"没有前世。"女儿摇头，又加一句，"就算有，也够了。"

她吃惊。为什么从来没有想过，就算有，也够了？

当年母亲说："前世相欠的，这一世还了吧。"她就认命，连叹息也没有，只是再没笑容。

现在，她不知道是否要钦佩女儿，或者要相信前世。

逃医的老人

听到手机响，他正在讲电话，本来不予理会，但铃声一直响，对方似乎存有不到黄河心不死的决心，他只好带着怒气把正在说话的电话挂了。车子这时正开往机场的路上，他不悦地对着手机大声喝道："是谁？"

是医院打来的。"拿督①李，对不起，你爸爸，刚刚，发现他不见了。"电话那头的人，开始声音犹豫，吞吞吐吐，最后还是把话说完，"是他，他私自离开医院的。"用词技巧，一副想把责任推掉的语气。

李子明的反应并非担心，而是异常愤怒："你这是什么话？我爸爸不见了？"

---

① "拿督"是马来西亚的有功人士勋衔，"拿督"的夫人称"拿汀"。

父亲李富强入院已三个星期，私人医院收费的昂贵路人皆知，大企业家李子明当然不在乎钱，可是，他以司机听惯的怒吼在喊话："我不管你们，你们现在、马上、即刻去把我爸找回来！"拿督李子明的父亲不见了，这消息要是外传，他的面子往哪里搁？

医院负责人虽看不见李子明七孔生烟的模样，却被他嘶声喊得只会说："是是是，我们已派人去找了。"负责人没说清楚的是，李富强应是大清早不见的，警卫员在全医院上下周围搜寻皆不见踪影。负责人打电话的目的原是要问拿督李子明，父亲李富强是否回家了。

医院不是没有病人私自离开的先例，他们往往都返回自己家。然而，拿督李子明高涨的气焰像燃烧的大火，把负责人想开口的探询烧成灰烬，配以自己的口水咕噜一声吞咽下去。

机场到了，李子明交代司机："打电话给拿汀，告诉她老爷不知道去了哪里。"司机来不及回答，李子明噼里啪啦接下去，"叫拿汀不管怎么样，都要把老爷找到。"

留下这句话，他去搭乘飞机。一场大生意在美国等他去签约，作为企业家，生意比什么都重要。更何况，他的情人也在美国等他。

一边走进机场，一边重新给情人打电话，把刚才车上讲了一半的话继续说下去，那是被医院打来的电话中断了的甜言蜜语。

李太太接到司机的电话,冷冷地回答"知道了"。又接到医院的电话,她口气照样冷冷地说"知道了"。

她最讨厌在做指甲的时候被打断,刚涂颜色的指甲,未干,手指不方便办事,听个电话甚是为难,况且这电话不是重要事。和她一起在指甲店的刘太太见她皱眉,问:"什么事?"

李太太冷漠地说:"老头子不见了。"

"不是听说住院了吗?"刘太太最会出主意,李太太任何事情都跟她报告。

"老头子自从住院,天天吵着要回家。"李太太顺便投诉。

"医院有人看护,他回家干吗?"刘太太永远和李太太站同一立场。

"他说要看老太婆。"李太太讥嘲地笑,"老太婆在家也吵,说要老头子回来。"

"七老八老还那么恩爱呀?"刘太太哼一声,想起自己的老公从年轻到年老,在外头的风流史足足可以演一出连续剧,她心头的恨像石头,又像根刺,连她自己都没意识到地将两边嘴角往下撇,"那你就把他们两个都送医院去呀!"

李太太一听,大声拍掌:"哎呀,怎么没想到?"她有点不好意思,叹息,"你也知道,照顾老人家很烦,平时没病没痛送医院,怕外边人乱说话。这回老头子是腰骨痛,医院说没大碍,却得要住院疗养……"

"现在他们说要一起呀,你是应他们要求罢了!"自认聪明的刘太太替好朋友解决难题。

"医院的人在电话里说老头子可能回家了。"一路上刘太太提了不少建议,"你就跟两个老人说,省得老头子跑来跑去,一起给他们办住院。"

一进门女佣玛丽亚就报告:"太太,公公回来了。"

走到家公家婆住的小房间,两个太太探头一看,一头白发的老头子紧紧握着满脸皱纹的老太婆的手,含着眼泪在跟老太婆说:"我很想念你呀!"

两个太太张嘴结舌,然后假装没看到彼此的眼泪,一个望着左边,一个望向右边。

手机响起来,李太太走到一边去听,只听她细声说:"我爸爸回家了,回头我到你们医院去办理出院手续。"

年轻的明信片

三坊七巷有家邮局,她每年都要光顾一次。

买一张明信片,寄给他。

写了收信人、地址和邮编,其他没有一个字。

就连寄信人的名字也不署。

她要的是三坊七巷邮局盖的那个戳。

五年前他们一起游福州,来到这里,他们给对方寄了一张明信片。

在你身边还想你。当彼此写好给对方的明信片以后,交给对方看一眼才寄。发现两个人写了同样的一句话。

如此深情,最后也走到烟消云散。

明信片一直收在抽屉里,不必翻箱倒箧。惆怅里夹杂着悲伤,到底是为了什么而分开的呢?

想到最后只能说是彼此太年轻。

年轻得不懂珍惜。

她没有特别喜欢福州，可是，每年她都特别到三坊七巷的邮局，给他寄一张明信片，不必落款，他认得她的字迹。

其实她没有要唤醒他的记忆，她只是在怀念自己的年轻和过去。

过去永远回不来。她很清楚。纵然每一年她都到这里，给他寄一张明信片，可是，她下个月就要结婚了。

在手机短信如此风行的今天，明信片还是很珍贵的。

这是她给他寄的，最后一张明信片。

窗外的火凤凰

庭院里的火凤凰开着绚红色的花,鲜艳亮丽,可是李太太并没有看见。

公寓大约是一百三十多平方米,三房二浴,装修风格简约,具有独特的艺术品位。

来看公寓的李太太皱起眉头:"就这样简单?"

干脆利落的装修和布置,不是她的那杯茶。

中介人载她来时在车上跟她说过,就算很喜欢,也要露出一副不怎么满意的表情,千万别让对方看见购屋者的惊喜,不然打算出售房子的人肯定趁机调高价格。

眼前这不合意的模样倒非造作,当然她也不是没心机,只不过金碧辉煌的奢华风才是她的心水装修。中介人带她看过几个地方,摸透了她的喜恶,赶紧在旁提醒:"地点优、环境好才是重点，装修次要，买过来后可以按自己的想法，重新设计。"李太太不回答也不点头，一副模棱两可的模样。这地点她倒满意，周围环境不算太热闹，可是银行、店铺、水果市场、日用品商场、各类餐饮店都在附近，不必开车，走路无须十分钟可达，对面不远就有个大型超市，方便解决日常生活上的需要。

闹中带静的环境之外，公寓的方向背山面海。"在风水学上说，这是最理想的屋子。"中介人在李太太耳边细声说话，"背山，即是稳当；面海，海有水，水为财呀，滚滚来。"李太太忍不住面露微笑点头。这里到海边还有一段小距离，但步行可达就不算太远。海边公寓的价格一般较高，这一间屋价倒挺适当。意外的收获是房子大门坐北朝南，窗口打开，屋里凉风习习，空气流通。原来的屋主刘太太微笑说："这里风很大，都不必开冷气。"

为了强调这点，她把其他住户告诉她的话转告李太太："有的人后悔装冷气呢！一年没打开几次。"中介人赶紧加油："这可好了！省电呀！"

"我习惯开冷气。"李太太冷冷地回应，她要表示她才不在乎什么省电不省电。

刚走进来就看见公寓楼下有个小花园，花园旁边是大小两个泳池，小孩泳池还设有水上溜滑梯。另外的设施尚有健身房、网球室和乒乓球室，这些是来之前没想到的。花木葱茏的小花园,五彩缤纷的鲜花这当儿正盛放绽开,一副花团锦簇景象,仿佛在欢迎访客的光临。

植满天堂鸟花丛的泳池边,还有一条鹅卵石铺就的健康走道。

李太太看在眼里,心里暗叫好,表面上却没一句夸奖。这时她站在客厅窗口边,往外头探望一眼,说:"这里太低,只看得见一个角落的海景,我想,更高楼层的风景会更好。"屋主刘太太看着窗外数棵火凤凰,枝丫开阔,叶子茂盛,艳红色的串花开得正旺,当时她正是为了窗外这几棵开花大树的景观而买下这公寓。

但这时候,她也只是笑笑。她知道她的赞赏只会让人家误会,感觉她是为了推销自己的公寓而特别推崇,是找出来的借口。

中介人努力要促成生意,声音诚恳尽力找优点:"这里空气好,大树开花又漂亮,更高楼层就看不见花树了。"李太太也不是那么不喜欢花树,但她不想付给更高的价钱。儿子刚从外国大学毕业回来,她得快快帮他找个公寓,帮他付给头期款,不然,要靠他自己赚钱,每个月那点薪水,恐怕来不及追上这不断高涨的屋价。

"说实在的,如果不是孩子出国念书需要用钱,这公寓,我,我真不舍得卖掉。"刘太太不再自我推销,说这话时,口气稍带无奈,笑容有点苦涩。

"原来……"李太太的心顿时变得柔软起来,"你是……"她想起五年前孩子准备出国去念大学,她也是依依不舍地卖掉一个公寓。

孩子的教育,孩子的前途,对华人来说,比什么都重要。没等孩子出世,一怀上胎,做父母的人,就开始积极地为他们准备未来的教育费。

李太太不再嫌弃,她转过身,语气亲切地对刘太太说:"这公寓,我决定买下来。"

没待刘太太回答,她指着窗外的花:"每天有鲜花看,真是好地方。"

黄昏来到窗口,璀璨娇艳的火凤凰在夕阳斜晖的映照下,把天空和大海都染得流光溢彩般绚烂,默默地在窗外散发着金光灿灿的温暖。

幸福的长跑者

"我是一个幸福的长跑者。"

他时常跟周围的朋友说。朋友敏捷伸出双手往前推,意思明确:"不要试图影响我呀。"有的用力摇着双手:"我不喜欢跑步。"有的直截了当表明:"不必叫我,我一点也不爱运动。"都做一副别来打扰我的表情和姿态。这和招呼他们去吃饭饮茶喝酒闲聊的反应完全是两个极端。

"OK! OK!"他只是笑。

带着刚睡醒的微笑,他每天清晨比太阳先起来,抵达操场,热身运动后,开始例常的跑步练习。

新识友人以为他一向就长这样子,健康年轻有活力。他修长精瘦的身形叫许多和他差不多年龄的人羡慕妒忌。上个月报纸发表有关他的跑步爱好访问,登一张"跑步前"照片,大家才像刚睁开眼睛,仔细上下打量他:"报纸上的照片是你吗?" "是你弟弟吧?"

照片里的人可用"肥头大耳"来形容,不过才三年前,那肥胖臃肿自己也羞于承认。只是持续性跑步,便将自己转换成今天自己和别人看了都相当满意的样子,这样一想,他跑得更有劲了。

看过报纸的朋友突然纷纷加入跑步行列,且怪他:"怎么自己减肥变年轻英俊,也不叫我一声。""做人别太自私,明天出门前给我打电话,我也要跑步。"

"为什么跑步?"记者问。他的答案:"一回见一个亲戚没病没痛,突然倒下就走了,他从来不运动。"说得似乎被这意外吓坏,才赶紧找一种运动来保健。

不能说他讲瞎话,但他确实只陈述了一半的原因。

当时选择跑步,是因为跑步技术要求最简单。无须特殊场地或服装,不必任何机械器材,找个操场,便可开始全身运动。那时他在手机网络上无意中看到一则关于跑步好处的文章,跑步可消除人的不良情绪,又能锻炼身体。

男人的不良情绪要找谁倾诉?他非常高兴自己找到跑步。

太太充满怀疑,上班前跑步?你把自己搞得这么累干吗?假日还要七早八早出去,睡到自然醒不好吗?最初几次,她大清早起来跟他去跑步。他知她是眼见为实。后来她放弃跟随,

"无趣,痛苦,毫无成就感",给他的评语是"自虐狂"。

自虐狂却跑出了兴趣。他渐渐发现操场上有草的绿色味道、花的七彩味道,鸟儿的歌声里有希望的味道。这些他没告诉一起跑步的朋友。让他们有一天自己发现。

每个人都是一个人。人应该尊重每一个人。

他跑了半年,开始参加马拉松比赛。马拉松的由来是公元前490年,波斯想征服希腊,渡过爱琴海,在一个叫马拉松的平原登陆,最终希腊人把波斯军打败了。希腊人派一个叫菲迪皮茨的信差把战胜的消息传达到首都雅典。菲迪皮茨一路从马拉松跑到雅典,抵达时候大喊"我们战胜了",随后倒地力竭而死。后人为纪念这个英雄,1896年开始在奥运会有了马拉松长跑项目。

经历过不少挫折,成熟以后才明白,每做一件事,应该先花心思了解,再来决定是不是、要不要。慢有什么关系呢? 从容才是正道。幼稚无知的年轻,迫不及待,急忙匆促,过后后悔也来不及,一切皆无法挽回。他想到这里怔一怔,说的是自己的婚姻吗?

跑步靠的是恒心和毅力。他阅读的跑步书上这样写。跑着跑着,突然领悟,婚姻何尝不也是如此。

回忆首次跑半程马拉松时,也许起跑时过于兴奋,热身不足,跑得太快,还没跑到一半,感觉有出的气没进的气,气喘吁吁间脚竟不合作地抽筋起来,他死命撑着继续前行,最后没得奖,却拿到完成全程的一个奖牌。

这是生命中的一个里程碑。

跑步是一种修行。一个跑过超级马拉松的"马友"微笑着告诉他。

婚姻也是一种修行呢!他告诉自己。

生命中的每一程都得咬紧牙关去面对挑战,克服困难。

他相信自己办得到。如果婚姻可以维持到今天,还有什么是办不到的呢?

每次练习遇到脚痛,他都叫自己容忍。生活里时时遇到不可容忍的事,只要继续容忍,一切都会过去。

从半程马拉松开始跑,跑到全程马拉松。他的理想是继续跑向超级马拉松。

每天跑步时间到,他带着辛酸的快乐告诉自己:"我是幸福的长跑者。"

幸福的鸡蛋花

她把灿开的鸡蛋花别在耳边的头发上,鹅黄色的花本来就很抢眼,还有微微的香气,增加了美好的感觉。从她在镜子里的微笑可以看出,度假的心情特别愉快。

这不是她第一次把鸡蛋花别在耳边的头发上。她在重复她的快乐和幸福。

说过多少次一起旅行,许多时候连行程都已定好,最后迫不得已取消,都是因为他的公司业务太忙。

这几年别人都在叹息行情不好,他的生意却蒸蒸日上,不景气似乎没有打击到他。这是好事,她开不了口提醒,结婚的当时,说好每年都要一起出国旅游的誓言犹在耳边,他似乎忘记了。

谁都知道,誓言只在说的当时有效。

上一次的旅游，说出来都不好意思，是蜜月旅行。

一直以为"岁月如梭"是一句成语，原来是真实，眨眼间三年过去。

三年后的旅游地点，朋友知道一定嘲笑。重复蜜月旅行的地点之外，还选择同一家酒店。那年在酒店庭院里成排的鸡蛋花树，到今天还在绽放着清香的气味，她像见到老朋友一样高兴，忍不住伸手摘下一朵，别在耳边的头发上。

上一次，别上去，他惊艳的眼神和语气说"好漂亮呀"，她记忆犹新。

推开窗，看见紫红色的九重葛在阳光下亮灿灿盛开一树，芒果树香蕉树木瓜树，还有上回来的时候，当地人说那叫面包树的大叶树结着圆大的面包果，再远一些，庭院之外便是一大片稻田。

住在稻田中是这酒店的卖点。

城里人格外钟情的新鲜体验。人的本性，都是贪新鲜的。不奇怪。她上回来感觉奇怪的是竟有蛙鸣之声。

回想上次闹的笑话还是觉得可笑。她坦坦然问帮他们提行李到房间的侍者："请问这蛙叫声是不是放录音带的？"侍者微微笑，没有吃惊，应该是曾经有人提过同样的问题吧："太太，这是真的蛙鸣声。"

"太幸福了！"她从来没有听过真的蛙鸣声。她听过的蛙鸣都是在美容院,或者做指甲,或者按摩中心躺着休息时的音乐。
"在这儿竟然听到真正的蛙鸣声音。"

这个时候她听到他说话的声音,是从浴室里传出来。在说什么其实不太清楚,但是他低沉的语气非常温柔。

公事需要如此温柔?她诧异。

那么就是私事了。

和谁说什么私事需要如此温柔,而且声音压得低低的,仿佛怕被人听了去。

那会是什么事呢?那会是什么人呢?

如此温柔的语调,搁在她的心里,竟长成一块大石头。

她始终没有追问。

他跟她说话向来是温柔的。从婚前到现在,都是。结果她便有了误会,以为这样温柔的语调,他只对她一个人说。

他对她的温柔,她身边的朋友都听过,所以她们总是羡慕:"你好幸福哦。"

二度蜜月旅行回来以后,她仍旧没有探询,她不晓得应该如何开口。

她只是慢慢在消瘦。

"怎么啦?"一起吃饭喝茶的朋友们看出来了。

石头在心里搁久了,也会长青苔。

应该是层层青苔的包围让石头越变越大。

重量让她有点喘不过气。

结婚的时候,朋友们送来的祝福都是"一定要幸福"。赠礼的人笑眯眯,收礼的人也眯眯笑,仿佛结婚了幸福便垂手而得。

收下时候没想过,幸福的祝福在岁月里浸渍日久居然形成一种压力。

谁不想要幸福的生活?

当她第一次把鸡蛋花别在头发上的时候,她深刻地感受到幸福就在耳朵边。只不过三年时间,当她再度把鸡蛋花别在头发上的时候,她发现幸福已经迈开脚步,缓缓地走开。

是她把鸡蛋花从头发里拉出来丢掉的。她把那朵鸡蛋花丢在酒店的浴室。

她没有不要幸福。

她曾经相信她的幸福,是那开得亮丽、带着清香、别在头发上的鸡蛋花。

为什么婚礼要送"一定要幸福"的献礼?婚前不需要幸福吗?

日本作家山本文绪在小说里说:"人一定非得幸福不可吗?有一点痛苦,不幸福也没关系吧?"

生命总有缺陷。缺陷也有缺陷美。她愿意努力在缺陷里寻找美。

不幸福也不是罪大恶极的事呀!她非常同意山本文绪。

真正的生活,怎么可能幸福到底?

幸福的鸡蛋花,仅只是在盛开的刹那,而所有的花都会凋谢。

寻 找 阿 芬

"如果你再不来信,我的泪会流成一条河。"

他看到这封电邮。

但他认为这不是写给他的,因为署的名字他不熟悉。

阿芬。

他没有名字叫阿芬的朋友。

"我等待太阳,太阳出来了,我等待花开,花儿开了,我等你的信,你会来信吗?"

他没有回第一封信,对一个不认识的人,泪流成最长最阔的河他也没感觉,但阿芬来了第二封信。

"你不会再来信了,你厌倦我了,你从此不来了,是吗?是吗?是吗?"像哀怨的情人在喃喃自怨自艾。

他也许不该每次一看见就销毁掉。

他也许应该回信告诉阿芬,她寄错了。

"爱情是美丽的,等待是美丽的。生命中有过爱情,好过没有;有过等待,好过没有。生命中所有的足迹,都值得回忆。"

阿芬究竟是谁?

他开始好奇。

"阿芬小姐,你寄错邮址了。"他抵挡不住阿芬那痴痴的缠绵情意。

"你终于回信了。"阿芬的得意仿佛在眼前,"不过才四封信,你就回信,可见得你是个心肠很软的人,好人。"他还来不及微笑,阿芬又说:"你是最快回信的人,获得第一名。"

他张口结舌的样子非常可笑,但阿芬看不到。

"这只是一个试验,人性的试探。"阿芬的信在这里结束。

从此再没有阿芬的信。

他一再给阿芬的邮址去信,却被退回来:无此邮址。

纵然已经知道这份感情是虚拟的,但他每次打开电脑,还是会怀念哀怨的阿芬。

现代社会,还有多少女人像阿芬一样多情缠绵?

这是他一直在寻找的女人呀!

阿芬,你在哪里?

梦中女人

林思斐刚搁下电话,电话马上又响起来。

程启慧在电话那边说:"喂,子健回来了,昨天晚上他请我吃饭。啊啊!还是和从前一样,都没有变老,而且,临走前他仍旧告诉我同一句话,我是他的梦中女人。"

程启慧语气里的得意扬扬令林思斐差点抑制不住,有一股冲动要把事实的真相告诉她。但是,林思斐却沉住气,谁知道呢,也许程启慧比她更早知悉一切而不同她说个分明,故意要让她蒙在鼓里自我膨胀也不一定。

冷冷地,她刻意提起程启慧的老公:"喜哲恐怕不晓得你单独陪旧情人吃饭的事吧?"

程启慧大笑:"咦!你不是一向自认是思想走在时代前头的现代女性吗?异性朋友一起约会吃个饭,也得向老公报告吗?"

"哼!"林思斐说不出话来。

"况且,人家回来几天,马上就要回澳洲去的,他只是想念这里的朋友,回来看看罢了。"程启慧的语气亲昵得很,强调着朋友那两个字,"他每年回来都请我吃饭,每年都告诉我,我是他的梦中女人。"

如果能够,林思斐相信程启慧更加想把这事对公众宣布,让所有的人都知道,她,一个已近中年的已婚女人,居然是某个男人心目中永恒的梦中女人。

"真没想到,那么多年过去了,子健还对我旧情难忘。"程启慧和其他平凡女人一样,听到甜言蜜语马上陶醉而且沉溺其中不愿意醒来,"你想想看,他移居澳洲都多少年了,而我还一直都是他的梦中女人呢!"

"我有一份报告要赶,下午要开会呢!"林思斐不想继续听程启慧炫耀,她根本一点兴趣也没有。

程启慧却不识趣:"老实说,思斐,当初我以为子健要追的人是你,他难忘的对象是你呢!"

"上班时间你一早同我谈历史。"林思斐执意要挂电话,"我不像你那么好命,可以从早到晚在家里看电视,我得开始工作了。"

林思斐不再让她有机会炫耀,先把电话盖上。

在程启慧之前来电话的人，正是子健，但她就是不要和程启慧提起。

子健约她今天晚上一起吃饭。

程启慧说得果然没有错，子健仍旧和去年一样，没有什么大改变。

"哇！思斐，你到底用什么东西去贿赂时间老人呀?"子健边说边摇头，"他根本完完全全地忘记你了呀!"

出来之前，林思斐花了更长的时间打扮化妆，而且穿了新买的裙子，这句话让她感觉之前的一切花费都是值得的。

虽然她早在几年前就已经知道，子健这人说起甜言蜜语是不必打草稿的，但是，动听悦耳的话却轻易就深入人心。

子健身体倾前些，声音低低的："思斐，你还是和从前一模一样，那样年轻那样貌美。"

林思斐只是笑，她晓得她脸上那两个酒窝是许多男人喜欢看的。

"你要我怎么样忘记你?"子健问，"你教教我好不好?"

一个晚上，在希尔顿酒店的西餐厅吃了丰富而精致的一餐，听了许多动人心坎的话。

然后，又到了分手的时候。

"明年这个时候，我还是会回来的。"子健把车子停在她家门口，"到时再见你好不好?"

没有一丝离别的伤感,林思斐点头微笑:"好呀。"

"要离开你,还真是依依不舍。"子健继续,"思斐,老实说,经过这么多年,你,仍然是我的梦中女人呀!"

"谢谢你。"林思斐在这个时候想起程启慧。

父亲的照片

，

他看到父亲年轻时候的照片就更生气了。

年轻时的父亲，浓眉大眼，四方的脸形，修长瘦削的身材。大家都说他的长相和父亲相似，这张照片尤其清楚地显示父子俩简直像同一个模子印出来。父亲拍照时，脸色严肃。

这神情其实也是他拍照的表情。

对着不笑的父亲，他生气的是，照片里父亲跨在一辆崭新的电单车上，看不出来他的脚有毛病。不过，平时坐着，大家也都看不出父亲的脚有点缺陷。

"妈妈，让我学开电单车啦！"他多次要求，理由是同班的刘志强、何开庆、林俊峰都已经拿到电单车执照了。

刘志强、何开庆、林俊峰和他是死党，从小学同班到中学，是形影不离的好朋友，唯独他没有电单车的驾照。

他不晓得母亲明不明白他的感受，母亲只是摇头："你爸爸不准啦。"

他生气："为什么？"

母亲照样还给他摇头的姿势："别问了。"

父亲是家里掌权的人，父亲的决定，就是决定，不容许推翻。

他很失望，并把失望写在脸上。

他的三个好朋友不断地怂恿："再问一问啦，也许你父亲改变主意呢？"

因为他们想要四个人一起开着电单车去环岛旅游。

"就等你学会了拿到执照，我们的行程就可以开始。"

一切计划早在升上高中前策划好。路线图也规划好，从槟城开始，先往南部开到柔佛的新山，再往东海岸行去，然后继续向北部走，经过泰国小镇的边沿，路过吉打，重返槟城。

不曾听说有谁开电单车环岛旅游，因此四个男生认为这在全国还是项创举，非得要赶快行动不可。三个同伴成天游说，要他去学开电单车，拿一张执照。

从小他极少和父亲沟通。因为父亲老是黑着一张脸，很少说话，也不笑，就算他学业成绩优良，甚至考了第一名，比赛获奖，父亲也从来没一声赞赏。

在家时他躲在房间里读书，晚餐桌上才见到父亲，可是吃饭不准说话是父亲的家教,餐桌上总是静静的,他赶快把饭扒光,回到房里做自己的事。

他和父亲的感情是冷淡的。

尤其是学习开电单车的要求被拒绝后,他对父亲的不满更深了。

今天他无意中看到父亲和电单车的照片。那张照片是在整理父亲的书桌抽屉时找出来的,母亲也在一边,看着他只瞄一眼就把照片丢回抽屉,母亲没有出声。

虽只瞄一眼,但他看到这张照片电单车上的父亲非常年轻,和他当时想学电单车时的年龄差不多。他很生气父亲的坚持,结果他和同学们的创举并没有机会实现。

年少轻狂的年代,有很多梦想最后都只是梦想。他叹了一口气。

母亲终于开口:"你知道爸爸当年不让你学开电单车的原因吗?"

他抬头,对母亲摇头。

"你爸爸的脚,就是他刚学会开电单车时被汽车撞伤的。"母亲叹息,"原来是好好的,后来走路变成长短脚。"

他张嘴,说不出话来。

母亲继续说:"他因为爱你,所以不想你受伤。你爸爸说过,汽车是铁包皮,电单车是皮包铁。"

他嘴巴仍然张大，不知道应该说什么。

父亲的照片放在灵台上，照样是一张没有微笑的脸。

时间的等待

收到信的时候,倪淑敏马上就决定去见李其峰了。

约会的地点在大酒店的咖啡厅。

倪淑敏一进门,李其峰即时站起来与她打招呼。

两个人相视一笑,笑岁月在彼此身上都留下明显的痕迹。

"这些年来你过得——"

"你在国外的生活——"

刚坐下,两个人不约而同开口,又一起住嘴,然后一起微笑。

已经那么多年不见,却仍然牵挂对方、关心对方。

"孩子都长大了吧?"倪淑敏啜一口茶,说。

"是的。"李其峰点头,"两个女儿,你呢?"

"一男一女。"倪淑敏说,"也都长大了。"

"在外国长大,孩子一定比较活泼。"倪淑敏说。

"是的。"李其峰承认,"她们的价值观和道德观都已经非常西化了。"

"当年我听到你移居国外的消息时,非常意外。"倪淑敏说出在心中埋藏多年的心事。

"我自己也没想到。"李其峰苦笑。

"那时,你在公司里待得好好的,总经理还打算升你到分公司当经理的,你却说要移民,同事们都在奇怪呢。"倪淑敏把当时的情形说给李其峰听。

李其峰起初没回答,只是苦涩地笑。

想了一下,他终于说:"也许你不知道,我移居国外是为了什么。"

"为什么?"倪淑敏并非好奇,这个问题在她心里徘徊许多年,她很想知道答案。

"因为——"李其峰这回约倪淑敏出来,目的就是向她坦白,这个秘密已经埋藏得太久了。

"我一听到你答应总经理的独生子的求婚,就开始进行申请移民的手续。"李其峰说的时候,已经没有了当年听到这个消息时的激动。

"为什么?"倪淑敏追问,她也想知道事情的真相。

"因为——"

虽然过了那么长的时间,要说出事实对李其峰仍然不是那么容易,他一直是比较害羞和内向的男人。

顿了一顿,他看着倪淑敏。

倪淑敏没有开口,但她的眼睛里盈满问号。

"因为我一直在暗恋你。"李其峰说了出来,心头突然觉得一松,声音出奇地温柔。

"我——"已经是过去的事儿,倪淑敏仍然非常感动。

她感觉眼泪好像就快要掉下来。

"你不知道,是不是?"李其峰带点自嘲,"我真傻,是不是?"

倪淑敏点点头:"是的,你真傻。"

"明知道是不可能的。"李其峰慨叹,"我就是阻止不了自己的感情。"

倪淑敏抬头问他:"为什么你从来都没有告诉我?"

"告诉你?"李其峰略惊,"那个时候,谁都知道总经理的独生子在追你,他的条件比我优秀得太多,我怎么敢对你开口?"

"你没有说,怎么知道不可能?"倪淑敏的笑容里有眼泪。

过去的终于失去了,但是,听到李其峰的剖白,她知道自己当年并非自作多情。

"我一直以为,我没有资格。"李其峰对自己没有信心,所以他远离家乡。

"你真是傻瓜。"倪淑敏微笑起来,一脸都是皱纹,但是,李其峰却觉得她和年轻时一样好看。

"时间过得真快。"倪淑敏叹息。

李其峰的白发在灯光下闪着银光:"是的,没想到一眨眼便二十年过去了。"

"我应该回去了,他在家里等我。"倪淑敏说。

"是的,我也应该回去了,她也在等我。"李其峰说。

时间在等待的时候,照样流逝。

回家的猫

最后一道菜出来了，是甜点。

女侍把冰冻的甜汤放在可以转动的圆盘中间，脸部表情像她捧来的冰甜汤一样冷："都不要了吗?"

她的意思是，上一道菜，那只吃剩半只的鱼，她要拿走了。

"请为我打包。"两个人一起开口，说完又一起停下来，互相望了一眼。

非常巧合地，两个人又一起解释："我是要包回家，给我家里的猫吃的。"

全桌的其他人，一起哄堂大笑。

"既然你们都那样喜欢猫，不如一人带一半回去吧。"有人建议。

他赶紧说："不不不! 让给你。"后面的话是朝她说的。

她不好意思地笑了："不，让你带回去好了。"

最后到底是谁带走了，没有人注意。

这个故事因为有点特别，流传了很久，圈子里的朋友们都知道，他们的情缘是由猫撮成的。

"两个爱猫的人，竟然互相爱上了。"

有人以为这是上天最好的安排。

"世界上有那么巧合的事?"有人不相信，以为这是玩笑，或者是某人编排的剧本桥段。

"那么他们每天到底是在谈恋爱还是谈爱猫?"有人声音充满忌妒。

"本来爱的是猫，后来变成爱的是人，会不会混淆不清?"

还有人想得更妙："会不会连两只猫都互相爱上了呢?"

令人意料不到的是，不但两只猫没有互相恋爱，反而是两个爱猫的人，居然分开了。

她有时候悲伤："为什么爱情的面貌如此多变?"

她有时候会庆幸："不相爱就早点分手，也好。"

心情时好时坏，连自己也控制不住自己的情绪。

再去宴会的时候，她不但不再给猫带吃剩的鱼回去，多数时候，菜色轮到鱼要出场，她就先走了。

回到一个人住的家里，看着猫，听到猫儿在喵喵叫，她的心就开始痛，那痛楚越来越扩大，越来越深刻。

猫儿本来是她最好的玩伴，下班回来就和它玩，有时候带它出门，去公园散步，去海边慢跑，有时候还把它放在单车的篮子里，载它去兜风。这些事和他一起做的时候，特别有趣特别好玩。

同样的一只猫，可是，现在的猫，却变了样，似乎有他的影子在晃动。

她觉得自己再也受不了了。

终于，她开车，把猫载到远远的树林，弃在林边。

是朋友教她的，用麻袋把猫包在里边，像抛掷垃圾一样丢掉。

她并不忍心，但是，她再也不能忍受看到那只猫。

没有马上回家，她停在一家没去过的茶坊，叫了一壶茶，单独一人坐了一个下午。

茶坊外头，有只猫经过，她的猫是全灰色的，只在颈部有条白色的像颈圈一样的纹线，但这只全身花花的猫没有停下，她看着它逐渐走远，好像听到猫儿喵喵叫的声音。

她相信他什么都不知道，这正是她益发心痛的原因。

太阳下山以后，那壶茶已经冲得非常淡，淡至无味了，她才排着车队回家。

还在手袋里掏着门匙，突然听到喵喵喵的声音，低头一看，丢掉的灰猫居然在门口等她，仰着白色的颈圈在看她。

"啊！"她惨叫了一声。

名　片

终于可以印名片了。

胡汉全心里的得意泄露在脸上，见到人就开心地笑，然后拿出身上精美的名片，递过去，口中不忘加一句："请指教，请指教。"

在他工作的公司，只有主管级以上的职员才能印制印着公司名称的名片，这无形就是资格和身份的象征，也难怪当胡汉全拿到他那张小小的名片时，那么得意扬扬。

公司规定只替职员印刷五百张，再多印就得自己负责印刷费用了。胡汉全毫不在意这点费用，他要印刷厂再给他多印五百张，他手上就有自己的名片共一千张了。

"一千张?"刘成和听到后惊呼，"那么多，你用得完吗?"

胡汉全看着刘成和羡慕的眼神，骄傲地笑了："当然用得完啦。"

胡汉全认为刘成和在妒忌他，他已经拥有印刷名片的资格和条件，至于刘成和，还得慢慢挨哩！

"每次认识新朋友、新客户，都得递一张过去呀！"

胡汉全声音里全是教训，他认为没有名片的刘成和当然不会知道名片的好用。"还有那些亲戚啦、老朋友啦，既然现在我已经有了名片，就每个人派一张，让他们要找我时，电话啦、地址啦都挺方便的。"

胡汉全说着说着，找不到借口后，突然又想到一个："况且印刷、纸张费用天天在涨，印多一些，省钱嘛，反正都是用得着的。"

"说得也是。"刘成和觉得可笑，但是不说破，倘若日后职位再调升，名片岂不是又得重新印刷吗？

这日胡汉全去参加一个公司的新年宴会，又是到处派名片。另一个公司的销售主任何保信和他握了手，看了他递过来的名片后，告诉他："哦，胡先生，我们见过，你的名片给过我了。"

"没关系啦。"胡汉全挥挥手做潇洒状，不把何保信还给他的名片收回来。

当胡汉全走到另一张桌子去派名片时，何保信对苏再发摇头："这个胡汉全，那么爱派名片，是不是有毛病？"

苏再发笑笑："你没用的话，交给我，我来替他派掉好了。"

苏再发把胡汉全的名片放在上衣的口袋里。

宴会结束以后，何保信和苏再发继续夜游。到了夜总会，叫来的小姐问："先生贵姓呀？"

苏再发随手从上衣口袋里掏出一张名片："喏，给你一张名片。"

"啊，是胡先生。"小姐谄媚地笑。

"没错。胡先生。"苏再发对何保信眨眨眼，大笑。

有一天，胡汉全下班回家打开门，胡太太坐在客厅哭泣。

"什么事？"胡汉全问。

"你这个死人！"胡太太开口就骂，"害我花了三千块。"

胡汉全不明白："我怎么害你？你自己乱花钱不要推到我身上来呀！"

"你在外边胡搞，搞大人家小姐的肚子，她要三千块去堕胎，我不给行吗？"胡太太边哭边说，"不要告诉我不是你，她带着你的名片找到家里来的。"

手表心事

　　一群人在吃烧烤、喝美酒，纷纷扰扰，晚会热闹得像不会结束，池芳华从开始到现在什么也没吃，就喝酒。

　　"几点了?"聚会时永远像午夜十二点以后还不赶回家，马车就会变为南瓜的赵少雯问。

　　池芳华下意识地看手表。

　　"怎么才六点二十分?"池芳华心里诧异。

　　红橙艳丽的夕阳早就朝着山的那头坠落下去。暮霭渐渐在幽深的夜色中沉淀，最终融进隐蔽郁森的黑夜里。

　　她抬头，刚刚还模糊不清的圆月这会儿亮灿灿地照耀着大地。

　　每年聚餐会都选择月圆时候，一个爱读古书的同事背诗词:"但愿人长久，千里共婵娟。"似乎多情的样子。其实每年总有新人进来,有旧人告退。聚餐会往往是送旧迎新的聚会。

"才九点零五分。"有人回答。

啊!她的手表坏了。冲进她脑海的第一个反应是,不可能!

手上的表是瑞士牌子,广告标榜着"一个手表,用一生一世"。当初选择这牌子,就因为它的广告。

"一生一世",充满诱惑的承诺。之前她听许多朋友对这品牌的表赞不绝口:"款式漂亮,耐用。"这是个贪新不恋旧的时代,很多人购物注重外表和包装,市场越来越多即用即弃的物品。新新人类讲究的不是持久耐用,更讨人欢心的是美丽夺目。

池芳华不否认以前购买手表的标准亦是如此,看着漂亮新潮,掏钱时就没犹豫,美丽几个月便丢掷弃掉,然而,这个表的意义对她不同。

去年二月十四日未到,郭子轩已对她说:"今年要送你一个特别的礼物。"

池芳华非常兴奋地等待情人节到来。

站在玻璃柜前,郭子轩在她耳边说:"让我每一分钟陪伴你。"甜蜜的情话令人陶醉,而且幻想长醉不愿醒。

她选择一对可用一生一世的手表,一个男款,一个女款。郭子轩和她,一人一个,同样款式。

"每一分钟,记得你,记得我。"别人听来肉麻可笑、情人听来悦耳动心的话,就叫作情话。

郭子轩替她戴上:"每一分每一秒在嘀嗒,嘀嗒一声就是一句我爱你。"

爱情小说作家在书上说:"海誓山盟不可靠,美丽动听的情话,只有在说的当时有效。"

读这句话时,她和郭子轩已分手了。

情缘和人生的所有际遇没有不同,正如海浪有起有落。看不透这点,唯有日夜将不堪的痛苦细细咀嚼。

华美的梦已越来越远,伸手不能及,郭子轩变成滚烫炙人的名字,一听到便是一阵痛,但她依旧不舍得把手表丢弃。

因为每天戴在手腕上,洗手时也不脱掉,表带已渐渐蚀色,原本亮闪闪的金黄颜色褪逝后,像褪色褪得有点花白的旧衣服。

她的意外是名牌手表居然越走越迟缓。

郭子轩和她分手也有一年多,她用尽方法想从这一份褪色的感情中抽身而出。白天由于繁重的工作,身边人声沸腾,暂时遗忘算比较容易。可是到了晚上,纵然倦怠疲累,一上床,在梦里,郭子轩仍然像从前,随意在她心上梦里,脚步潇洒来去自如。

这个逐日褪色的手表,别人看着不起眼,对她却意义深长,分量沉重。有时她怀疑郭子轩可能早就在和她分开的当时,把一对手表的其中一只,毫不在乎地丢掷到垃圾箱去了。

从前她轻视不能面对现实的人,她嘲笑的时候没想到自己有朝一日竟陷在此种困境中。

一只死了的手表,表示再也没用途。

聚会隔天,她把手表拿到表店。"还有电池呀。"表店职员听她投诉,以为电池的寿命到期,试一下,告诉她。

"帮我修理好吗?"她留下手表,"明天我再来。"

表店的人摇头:"这牌子的手表不能修理。"

池芳华唰地脸色苍白:"不能修理?"

"那怎么办?"对着大力点头的职员,池芳华手足无措。表店职员惋惜地说:"它的设计是把表壳整个套上去,打不开就无法修理。"

"这品牌不是那么容易坏的呀!"明知无望,她还在努力争取。

"是。"表店职员同意,突然他略带幽默地笑了,"也许它想回到从前的时间吧,所以一天比一天走慢一点。"

眼泪没有预告地,蓦然掉下来。

原来善解人意的手表也知道这一年多来她蒸腾的心事。

抛弃的滋味

我是在热闹的购物商场里遇到她的。

"一起去喝杯茶吧?"

"好。"

她好像无所事事,我一开口,她连考虑都没有就答应了。

"你还喝柠檬茶吧? 冷的? 热的?"我问。

我还记得她最喜欢喝的茶。

"不。"她轻轻摇头,"我要中国茶,冻顶乌龙吧。"

我有点诧异地望她一眼,替她叫了乌龙。

我当然也还没忘记她最讨厌中国茶。

"苦苦的,有的茶叶还有烟熏味,好难喝。"她以前是这样挑剔中国茶的。

"你介意我抽烟吗?"她突然问我。

"我不介意,但墙上挂着不许抽烟的牌子。"我指给她看。

她的眼睛写着失望,头垂下来,看起来一副闷闷不乐的神态。

"抽烟不好。"我轻轻说,不想伤害她。

"我知道。"她回答,分明是知道害处,却又任性。

她仍然没变。

"我知道。"她同我说,"他不是好人,但我就是爱他。"

女人的心,捉摸不定,滑溜得像条鱼,尤其是率性的女人。

"我和他——"她啜一口热茶,对着茶杯吹一口气,才接下去,"已经分手了。"

这件事我早就听说了,但我没告诉她,我只是点头。

"他不是好人。"她的眼睛有点红,里边像蓄了过多的水分。

"你早就知道了。"我提醒她。

"是。"她承认,"但我以为我有能力改变他。"

高估自己的能力,结果是付出沉重的代价。

她沉思一下,突然对我微笑:"别提他了,你好不好?"

"就是这样,也没有什么特别好或坏。"我耸耸肩。

人生如果不奢求,过得快乐不是难事。

"后来我就知道,你才是好人。"

"也不尽然。"我淡淡地说。

她的称赞,吓我一跳,可惜来得太迟。

"我有点后悔。"她的声音很沉，像是真的在忏悔，"那个时候不应该离开你的。"

　　每一个后悔，总是迟到，时间走过去，它才出现。

　　"你说实话，现在是不是来得及？"

　　"啊!"我指着茶坊门口着花衣的女人，"我太太从服装店出来了，再见，有空给我电话。"

　　我的脚步跟在花衣服的陌生女人后边，走得很快。

　　我也没有把我的新电话号码给她。

　　只是想让她尝尝被人抛弃的滋味。

三千年的香水

　　"1923年,埃及国王杜唐夫门的坟墓被挖掘出来时,发现陪葬物品中有一个由石膏制成的小壶。当时,有一个叫卡达的英国考古学家把它的盖子打开,芳香的味道即刻四溢飘散。原来那是一个香料壶,而三千年前的香水,味道依然可以保存那么久!"

　　她收到一瓶香水。

　　生日收到香水,不是奇怪的事,比较奇特的是包装得精美的香水是装在一个纸袋里边。随着香水一起送来,也放在纸袋里的,是一张粗面的浮着浅紫色小花的纸张,不规则的形状,上面有他亲手书写的这一段关于香水的历史故事。

　　圆肚的香水瓶子有斜斜的纹线,令人难忘的是盖子上边两只粉红色的飞鸟,翅膀交叠一起,鸟喙是亲吻的姿势,看着给人一种双飞双宿的感觉。

对着香水,她微微地笑了起来,只不过笑容有点苦涩。

这个故事算是一个承诺吗?

那天他问:"喜欢什么礼物?"

"香水。"她回答,然后自己接下去,"可是香水最不能代表爱情,不够永恒,香气过去,好像——好像就没有了。"

老友佩珍时常骂她:"你能不能实际一点? 汽车洋房,不然就钻石黄金,多稳当多实在。以为今年十八岁呀? 还要什么香水,这种小气的东西,他都送得出手?"

她对佩珍笑:"要汽车洋房来做什么?"

说的是真心话,她要的,是他的爱情。

这又是佩珍见面就要挖苦她的:"你是天真得要命,幼稚得要命! 香水能够当饭吃吗? 今天的现实生活中去哪里找爱情? 你别傻了。"

自从佩珍的男友和她分手后——已经是半年前的事,佩珍受到的刺激令她对所有的男人,包括爱情这回事,完全失去信心。

她听了以后,唯一的反应也只是对着佩珍笑。

他说他爱她,她不是不相信,但是,这一份爱,他能够坚持多久呢? 她自己又能坚持多久?

也不过像她所爱的香水吧,一阵短暂的芬芳。

精美纸条上写的故事,也许是真的,但是,那有什么用呢?

仿佛他对她的爱也可以维持三千年,像埋在坟墓里的香水,芳香永恒。

然而,她要的只是一个晚上,他都已经办不到。

"不回家不大好,孩子们知道了会追问。"

这是打算爱她三千年的他,给她的理由。

为 错 干 杯

我举起酒杯说:"为我们今后所犯的种种过错,干杯!"

紫红色的酒真漂亮。尚未入口,光是看着,已经为它的颜色陶醉。

"啊!说得真好。"他笑起来,"是,人生谁无过?只要还活着,人确实会继续犯错!干杯吧!"

他一口便让酒杯空了:"杯底不许养金鱼!"喝了还把酒杯倒给我看,证明一滴不存。

"为未来的错干杯!"我也喝个杯空,然后继续说,"别误会,这话非我的创作,我是借用海明威的句子。"名家的名句精华,我不可掠人之美。

要干杯,因为好想醉一醉。

前半生还未真正尝过酒醉的滋味。

据说有人酒醉会哭,有人会笑,有人会骂人,有人会睡觉,有人会因此而沉默无语,有人会滔滔不绝说个不停。而我,担心自己醉后出丑,所以一直都小心翼翼。

　　每个人都想让自己的秘密永远是秘密,万一醉了酒,把收藏在心里的事一五一十泄露出来,真是太可怕,想一想都要掩脸,待酒一醒,肯定懊恼后悔。

　　喝酒是常有的事。每回节日或喜庆,同事相聚,就会喝上一两杯,但总有限制,因为清楚自己酒量不好。

　　"佩服海明威,不仅是因为他获得诺贝尔文学奖,或者《老人与海》写得好,而是他敢于讲真话。"他有所感慨,"我们都想逃避过错,希望不要犯错,然而万事考虑再周详,也总有意外。"

　　"自古圣贤皆寂寞,因为他们没犯错吧。"我笑得有点苦,"怕寂寞,所以宁为凡人,莫为圣贤。"

　　他修正我:"圣贤并非不犯错,在于有错能改。"

　　"人生一趟,是来修行,不断犯错,不断改过,让自己从中汲取经验,今日比昨日更好,日子一长,遂成圣贤。"我不能不继续嘲弄自己,"像我这种人,修行永远修不行,明知喝酒不好,还是不停地喝,一而再对自己和别人许诺,下次吧,下次不再喝了。"

　　说完,对自己笑,把酒干了。

　　马上感觉醺醺酒意袭上身,正是希望如此,半醉半醒,人变得轻飘飘,所有沉重的心事皆浮升,飞上空中,令人暂时忘记烦恼。

谁要做圣贤?

"再来一杯。"我唤来侍者。

"原来你也和我一样平凡!"他也笑起来,"有时候,明知是错,还是继续错下去。要改? 谁不懂要改,只是能知不能行。"说到后面他叹息。

"弱者。"我嘲笑的是自己,"能知而不能行,则是不知也。"

"不如不知。"他逃避的是现实,"为不知再干杯。"

我何尝不是? 于是再来一杯。

每日下班,要约个人一起去喝酒,最容易的事。

人人心中皆有一道不为人知的创伤。痛楚一日日堆砌,加深扩大,最终累积至重重甸甸,不堪载,纵然泪滴如雨,也冲不去。

唯有杜康能解忧。

不知悔改不是不知错,这才叫痛苦。

想一想,你不是也一样吗?

明日还要去喝酒,你来不来?

心中的教堂

下车的时候,她一抬头,就看见车站对面的教堂。

那么多年过去,教堂还是矗立在同样的地方,仿佛没有翻新过,却也没有更残旧。

风吹雨打,岁月走过,教堂和从前一模一样。

尖尖的屋顶上,有一个十字架,底下是一个钟,古朴的样式看起来温暖亲切。

她拎起行李,是个小皮包,只打算回来住两天,不需要的东西都没带。

一个人缓缓独行,车走过,尘土飞扬,一切似乎和往年没有不同。

站在教堂大门外,她放下行李。

一排整齐的树像卫兵站岗,在阳光下,大树昂扬得像士气高昂的年轻士兵。

对她来说，年轻已经成为过去。

她曾经喜欢过教堂，因为在这里，她认识了他。

他们是教会里的友伴，每个星期都在这里唱圣歌、听布道，大家纯洁友爱。

谁也不知道她在心里暗暗喜欢他。

她从没向人提起这回事，甚至是他。

只是悄悄地看他，看他弹琴伴奏的样子，多么投入，看他吟唱赞美诗的神情，多么忘我。

他对每一个友伴都亲切和善，谈到他，人人赞不绝口。

他看她的时候，他对她说话的时候，她感觉是和别人不同的。

那段时期，她非常积极，每个星期一定出席礼拜会，不论天晴或下雨，不管学校有无课外活动，她都按时赶到教堂来。

教堂，在她心里，是一个充满向往和希望的地方。

她遗留下多少欢笑，多少甜蜜的幻想。

却也是在这个教堂，她流下纯情的少女眼泪。

拎着白色卡片的手是颤抖的，因为出于意外。

眼看着卡片上的字，明明白白清清楚楚地印刷着，但她就是不相信，不肯相信。

她的心在狂叫："不可能的，不可能的。"

事实却是他要结婚了。

新娘是一起唱圣诗的友伴，每次站在她身旁的那个她看起来一点也不好看的女孩子。

虽然那个女孩子笑起来，笑容非常灿烂。

也只有唯一一个优点罢了，他怎么会看上她的呢？

对自己原本充满的自信在瞬间崩溃了。

原来他柔情看她的时候，视线是投射在站在她身边的那个她身上，她一直以来误会了。

眼泪不受控制地掉落下来。教堂里的人那么多，婚礼如此隆重，而她伫立在热闹的人群里，只觉得命运是残酷的，人生是冷漠的。

众人衣着整齐地看着新郎新娘，笑容更加明亮绚烂的一对新人，彼此的眼睛相对瞧望，是深情的注视。

教堂的钟声响了，观礼的人兴奋地欢呼、歌唱。大家诚挚地给新人最美好的祝福。

"真是郎才女貌。"

"太相配了，两个人都那么虔诚。"

"两家是世交，从小在一起，以后生活一定美满。"

她听着旁边的人一句又一句给予新婚夫妇的好评和祝福，挫伤的心全是气愤："你们都在说谎话。"

怨恨地走出教堂，从此在心中，充满怨恨。

而且她还发誓,以后再也不走进教堂。

　　想到这里,她自己微笑起来。

　　一走进教堂,热气全消,阴凉的空气里有肃穆的祥和,她平静地站在无人的教堂里,弯腰鞠个躬。

　　"咦! 是你!"是他。

　　"啊! 是你?"她难以置信地叫喊起来。

　　生活中有那么多巧合!

　　英俊的他胖了,仿佛变矮一些,大大的眼睛嵌在圆圆的脸上,缩得小小的。

　　她微笑:"我要结婚了,回来家里住两天。"

　　"恭喜你。"他什么也不知道,笑容满脸。

　　"谢谢你。"她走出教堂,脚步轻松。

脱 色 爱 情

当张素珊听到李文佳和她提起不脱色口红时,她甜蜜地微笑:"我知道,我有一支。"

李文佳好奇地追问:"在哪里买的?多少钱?颜色好看吗?"

张素珊笑起来:"文佳,你要我先回答哪一个问题?"

然后不待李文佳再问,自己先说了:"是人家送的。"

话说出口,心里的微微得意渐渐在扩大,毕露在她白嫩秀丽的脸上。

"啊!"李文佳有点沮丧,在中学开始认识张素珊,从此以后她老觉得不论任何事,张素珊都比她更优秀,也更好运,"我想要买一支,想好久了,就是不知道哪一个牌子的比较好。"

张素珊仿佛有些经验:"你还是选择名牌的比较值得。"

李文佳同意："是的,可是,价钱差很远哪!"

"好的东西价格当然要高一些。"张素珊其实也不知道苏强生到底花多少钱买的不脱色口红,但是,她想,苏强生当然不会送她廉价品。

"你用了吗?"李文佳追问,"真的不会脱色吗?"

张素珊不好意思起来:"文佳,你别告诉别人哦,我舍不得用。"

这些话说完没多久,苏强生再也不约会张素珊了。

爱情的浮现和消失像潮起潮落,但这是在别人眼里看来。当观众的时候,无论你多么投入,多么紧张,你始终还是局外人。

只有当事人才清楚心碎的苦楚和惨痛。

多少个不眠的夜晚,张素珊对着那管尚未开启的不脱色口红,想起苏强生送她时说的那句话:"不脱色的口红,代表我对你的爱。"

不过是简单的一句话,却有本领让她又陷得更深一些。

女人的爱情城堡是靠动听的言语建立起来的,说得越多城堡就越巩固堂皇。

意料不到的是,在不脱色口红涂上唇之前,苏强生已经脱走了。

怀着悲伤和凄恻,张素珊缓缓打开口红,啊,是亮丽青春的橙红色,这原本是她最喜欢的颜色,只不过,在这个时候,浮上心头的是丝丝伤感。

几个月前在镜子里的人影还是容光焕发,笑意盈盈的,此刻里边映出来的是哀伤的眼神悲戚的脸孔。

她把口红轻轻涂了上去,脸色似乎变得明亮了些。苏强生喜欢看涂了口红的她,每次见面都要吻她,给的理由就是:"喜欢你的唇,柔软而温暖。"

她边推开他边说:"口红都让你弄混了。"

所以他看到不脱色口红,马上买给她用。

而她待到如今才涂上去,已经失却意义了。

充满了心酸,想象苏强生搂着别的女人用力地亲吻的镜头。

张素珊习惯地拉了一张纸巾,轻轻地揩抹着唇上的口红。

转眼间,美丽的橙红色就不见了。

"咦——?"张素珊这才发现,原来苏强生送她的,是一支脱色的口红。

时间错身

    吵架对何菁菁和苏中强这对恋人来说，仿佛是平常事。

    两个人都太好强，都要面子，都不肯退步，都一定要赢。

    心平气和的时候，苏中强说："我是男人，怎么可以让女人对我大声喊叫？"

    何菁菁也有她的理由："我是女的，男人让女人，天经地义呀！"

    好像双方都有道理，都没有说错。

    结果又吵起来。

    "男的一定要让女的吗？不是说男女平等了吗？"

    "男女既然平等，为什么男人不可以让女人大声喊？而女人又必须听男人大喊？"

    他们吵的都是没有意义、也毫无结论的小事，吵的时候两不相让,吵过以后,总是三五天不见面,然而,也不晓得是谁先给谁电话,最后还是再度约会。

重新开始见面时,甜蜜珍惜,等到时间一长,吵架的事就重复出现。

何菁菁有一天在吵过以后,对苏中强说:"我看我们还是分手算了。"

在气怒的时候,苏中强当然不会低头,他倔强地回答:"分手就分手。"

时间流去,带走很多东西,包括人的青春、无知和幼稚。

到了中年,回忆起来,何菁菁的思念里只剩下苏中强的好。

"每次都记得买我最爱吃的蓝酒朱古力给我。"

"节日就送花,知道我喜欢百合,从不选别的花。"

"因为我喜欢本田车的造型,中强买车时不挑其他牌子,说是专接送我用的。"

同样的事发生在苏中强身上,他想到何菁菁的时候,都是优点。

"为我选领带、袜子、手帕,细心地配搭,具有审美眼光,朋友都说她的品位是一流的。"

"不喜欢下厨,但为我炖汤、煮甜点。"

"亲手为我削水果,因为不削皮的水果我是不吃的。"

双方的朋友听到他们在怀念彼此的好处,安排分手了十几年的苏中强和何菁菁见面。

"当时是为什么吵得不可开交的?"两人提出同样的问题。

"就是,现在回想,也记不起来了。"

两个人都微笑,有点苦涩。

"一定是琐事,大事怎么会忘记呢?"

两个人一致同意。

"我真是太小气了。"苏中强先道歉,"不应该那样粗鲁骂人。"

"不。"何菁菁也争着认错,"是我太强悍,当时如果我温柔一点就好了。"

沉浸在旧日的美好中,两个人同时惋惜岁月的流逝。

"如果时光能够倒流,那该有多好。"

苏中强惆怅。

"但是,这只是个梦罢了。"何菁菁清醒地说。

"你先生好吗?"

"你太太好吗?"

回家的路上,苏中强心想:"要是这个时候才遇到何菁菁,就太完美了。"

何菁菁在车上,心里涌起无限惘然:"总算学会如何欣赏一个人,只不过时间已经走过去了。"

换　色

我一直不知道屋子也有面貌的。

那天我慢跑回来，站在门外，仔细观察着屋子的时候，我发现它出现老人的征状。

几乎整个门面都残旧老颓，像一个曾经精心化妆以后却没时间再补妆，而长时间在外边日晒雨淋的中年女人，站在灼热明亮的阳光下，清楚地显露老和丑的姿态。

看起来有点可怜，又有点可笑。

也许应该重新油漆一番。

我在电话里和琳莉说，并推掉了她的约会。

你是真的要留在家里油漆吗？

琳莉的语气稍带怀疑，似乎不相信我给她的不赴约理由。

我想换个颜色。我告诉她。

那好吧。

琳莉无奈地挂掉电话。

琳莉再给我电话已经是十天以后的事了。

油漆好了吗？屋子。她问我。

唔。

什么时候有空我过去看看。换了什么颜色呢？

琳莉小心地问。

浅浅的米色。我说。

口气不怎么热情。

其实我很久就想换一个颜色了。

只是人的惰性令我一再拖延，这回总算下了决心。

琳莉也许已经知道，她没有再追问。

那好吧，她也留下一句话，等你有空，再打电话给我。

我当然说好。

米色是欣宜喜欢的颜色，也是她选的。

这次油漆，事实上是她的建议。

琳莉没见过欣宜，但是这个城也就这么小，不管什么事什么话，都很快传来传去，一下子散播开来。

每个人都没有秘密。

屋子换了颜色，看起来清新悦目。

我相信过不久，琳莉就知道了。

伤心的二胡

她带着一把二胡来找我。

我非常奇怪。很久没有看到她，之前也不晓得她会拉二胡。

那时天有些暗了，黄昏的风不大，但是稍墨黑的天空，好像快下雨的样子。

她的脸色不太好，有点像褪色的布料，颜色不亮丽，而且有点卸妆一半的感觉。

她坐下来，低头在想什么。我递给她一杯咖啡，不加糖的，这是我习惯的饮料。她上回来的时候，我请她喝过的。可是，这一次，她看一下杯子，原本清脆的声音嘎嘎地问我："你有没有茶？"

我还来不及回答她，她又接下去："中国茶，我是说。"

我的男朋友刚刚自中国回来,他给我带来名字很好听的碧螺春。我泡过一次,茶汤是青青的,茶色也是青青的,味道很不错,所以我点点头去烧开水。

　　我煮开水的时候,她就开始拉二胡了。

　　我听过二胡的声音,在小时候,很久以前的事了。乡下演酬神戏,请来了潮州戏班,在暮色中,大戏将开锣前,众人就听到二胡的声音在吱吱咕咕,似乎在告诉大家快点准备,好戏就要上演了。当时我太小,不觉得那声音有什么特别,后来我买了唱机(我的男朋友说我神经病,现在哪有人买唱机,连录音机也不流行了,都是 CD 机呀)和二胡唱片,从唱片中我听到哀怨幽幽的音乐。好像从二胡发出来的乐音,都是酸楚的旋律,让人的眼泪虽然在眼睛里流不出来,但是心里一直在汩汩地流着酸酸的泪。

　　伤心的音乐都发自二胡。

　　二胡是汩汩的眼泪。我的男朋友,他叫我何必听那种过时的音乐。但他不知道我老在他不在的时候才放来听。

　　人总有伤心的时候,寂寞的时候最容易伤心。

　　她的二胡拉得不好,有时声音会断掉,然后又接回去。一首歌让她拉起来,拍子都拉不准,但她显然不是来表演的。

　　她什么话也没有说,只是在那边一直拉,拉的都是以前我在读书的时候听到的闽南语歌曲。大部分还是由日语改编过来的,《港都惜别》《雨夜花》《河边春梦》《望你早归》《三声无奈》,还有《秋水依人》。

都是伤感的调子,适合用二胡来表现的。

二胡咿咿呀呀地响,中间有破音,有接不上的音。我没有出声,找茶杯找茶壶找茶叶,水壶呜呜呜叫起来,是水滚的声音,我静静地把茶冲了,捧到她面前。

热气氤氲而上,茶的香味出来了。我自己也捧一杯,唤她:"喝茶吧。"

她停下手中的二胡,拿起茶,啜一口:"味道很好。"

然后她又开始拉二胡。不熟练的手势和技法,若是小孩拉的,就像孩子在画图,有稚朴的拙味;但在成人的手里,出现这样的乐声,听着听着,似乎有些悲惨的意味。

我再为她冲了第二杯,小小的杯只一口便饮尽,她并没有放下手上的二胡,干了茶,继续拉她忧伤的乐章。

我一边喝茶,她一边拉二胡,彼此沉默不语。

她什么时候学会拉二胡的?为什么到我这里来拉了半天的二胡?不加糖的咖啡不喝了改成喝茶的理由是什么?

我都没有问。

一直到她喝完茶把二胡带走,看着她瘦伶伶的背影,我本想开口唤住她说什么的,结果,我都没有问。

妒　忌

车子又出现一点奇怪的声音。

李慧琳听到时,心里有点光火。

车子是机器,用了两三年,免不了会出现小毛病,这是正常的。

李慧琳并非没用过其他车子,然而,像这部车子每个月总要进一次车厂去修理,让她感觉不耐烦极了。

每天上下班,够她累的了,况且时常被堵在路上,光阴全让塞车塞过去,最近还得为车子烦躁,不由她不气恼。

下车的时候,她关门格外出力,车子泊在她车旁边的苏珍珠奇怪:"怎么啦? 心情不好?"

两个人边说话边去乘搭电梯。

"真是讨厌,这车子,每个月都要去修一次。"虽然明知说出来仍然不能解决现实问题,李慧琳还是把埋怨吐露。

"才几年的车呀?"苏珍珠刚换车,所以说话轻松,"车子不要用太久,两年换一部,就不必忙着去修车啦。"

李慧琳的怨恨就更深一些。

苏珍珠抢了她以为是轮到她的主任位子,要不然,她早换车了。

"是要换的。"李慧琳点头同意苏珍珠的话,她不会傻到把心事显露,让苏珍珠看见。

"我是每两年换部新车的。"苏珍珠说得轻飘飘的,"旧车用了没信心。"

有头发的人,当然不愿意当秃子。

这道理谁不懂?李慧琳觉得苏珍珠的气焰高涨得令人受不了,但是,她能够怎么样?

"你的车子好用吗?"李慧琳一问出口,就知道说错话了。

她的懊恼尚未过去,就听到苏珍珠趁机得意地炫耀:"哈哈,不是我要夸口,丰田的车是著名好开的,而且完全没有毛病,根本没听说过谁的新丰田车进修车厂的,再说嘛,新车当然是……"

如果有一块胶布在手上,李慧琳真想贴住苏珍珠的嘴巴。

"我看你还是换一辆我的丰田吧。"苏珍珠进去办公室前,留下一句话。

这话像一根针，一下一下，不停地，刺着李慧琳的心。

她后悔自己当时太多事，苏珍珠找不到工作，找到她，她好心肠把苏珍珠介绍到同一家公司来，做梦也没想到，两个人竞争同一个职位，更让人气怒愤恨的是，输的居然是先进公司的她。

看起来，苏珍珠仿佛是忘记她的功劳了。

对自己的工作、升级，她听到苏珍珠和同事说："我尽心尽力，为公司废寝忘食，跑市场的时候多过睡觉。"

难道别人不是吗？

说到升级升得快，李慧琳听到的谣言是，苏珍珠陪老总睡觉多过跑市场。

这才是让她不甘心的。

苏珍珠那天下班后去拿车时，发现两边的车门和前后的车盖，都被人刮花了。

她气得腾腾跳，一直骂："我一定要找出来，到底是谁故意这么做！"

没有人看到是谁做的。

愚蠢的旧衣服

一路上，她只是想着一句话："有什么事情快发生了。"

今天晚上，她穿了挂在衣橱众多衣服里，最合她心意的那套紫色的薄纱上衣和转起来会有一个大圈圈的圆裙子。

因为他喜欢紫色，而且他称赞过这件衣服的。

"紫色代表浪漫。"他说过。

她不只记得他说过的每一句，而且深信不疑。

后来她在一本杂志上看到，喜欢紫色代表爱慕虚荣。

生气那篇文章的作者！

"有的人写文章不负责任，胡乱写。"

她在整理房间的时候，把那本杂志丢掉了。

"读过的杂志，也没有什么用途。"妹妹把杂志拾回来给她，说是印刷得那么漂亮的杂志值得收藏时，她回答说。

"而且,已经过期的杂志,像洗白的衣服,看起来一点都不吸引人。"她皱眉。

但她今天晚上穿的这一件旧衣,意义是不同的。

她当然明白旧衣正如花园里那些红衰翠减的花儿,显现一种残败的憔悴姿态,叫人看到只想移开视线。

她把视线移开,意料之外会在同学会碰到他带着他的新女友出现。

那个晚上,她很早就离开聚餐会。

因为他,她成为箭靶,同学们的怜悯目光中,带着刺人的箭。

过后那几年,就算收到邀请函,她再也不参加同学会的相聚晚宴。

一直到今天。

接到他的电话时,真的吃了一个大惊:"是你?"

"我回来了。"他和新女友结婚,移居澳洲,这些消息她当然都听到,但是不晓得他是什么时候回来的。

"明天晚上的聚会,你去吗?"

她本来是不去的,但他说他离婚了。这是令她高兴的消息,她就说她会去。

她选择他最喜欢的那套紫色的衣服,她要让他知道,她从来没有忘记他,更没有忘记他们之间的爱情。

他看见她了,脸上写满惊异:"是你? 真的是你?!"

他丝毫没有见老,岁月如此优待他,她轻叹,却又欣喜。

他说出他的震惊:"你老了,紫色并不适合你。"

他的残酷令她脸色唰地白得像雪的颜色。

从前她着紫色,他赞过:"那么白皙的皮肤,紫色衬得正好。"

然后她看见他看着另一个着紫色的女孩,年轻活泼,是其中一个早婚的女同学的十八岁女儿。

他们分手时,她正是十八岁。

时间不停地流转,为何岁月只在她身上留痕?

果然有事情发生了,但不是她想象中的事。

她听到他和年轻女孩说话:"爱情像衣服,越新的越好看,越叫人喜欢,也越吸引人。"

是的,她的爱情,也是她的衣服,是一件洗白以后的旧衣服。

她懊恼穿了旧衣服出门的愚蠢的自己。

手上的鱼目

病床上的女人对吴彦玫说:"彦玫,谢谢你来看我。"

"老朋友了,还说这客气的话。"吴彦玫勉强地笑,"是我应该说对不起,其实早就应该来的,只是一直忙着……"

"我明白。"她了解地点头。

桌上有一束黄色的花,斐然挺立,灿灿地绽开,像是刚换上去的。

"你还是喜欢黄色的花。"吴彦玫并不是提问,这是一句感叹。

笑起来已经可以清楚地看见眉梢的皱纹的病人微笑:"是。年轻的时候爱上了,年纪越大越是固执……"

话里边似乎隐藏着深意,病人自己没说完,就警觉地停顿下来。

吴彦玫可以肯定这花是张安恒买的,而且是一天一束新鲜的花,黄澄澄明亮亮地盛放在她的病床边。

"好一点了吗?"吴彦玫淡淡地问。

她必须如此才能掩饰自己激动不安的心情。

"嗯。"病人点头,"明天可以出院了。"

床边的桌子上除了花,还有一本杂志,是《艺术家月刊》,封面正好是璀璨绚艳的黄花。

容光焕发的病人循着吴彦玫的视线望去,伸出手来把杂志递给吴彦玫:"要不要看看,这一期是你喜欢的梵谷专辑。"

梵谷何尝不是她也喜欢的。

病人的手伸过来,吴彦玫看见拎着书的手指上套着的,正是前天无意中在书房里看到的张安恒公事包里的那个珍珠戒指。

脸色在瞬间变了一变,但吴彦玫即刻镇定下来。

她的揣测是正确的。

还有一件事吴彦玫可以肯定,这珍珠戒指是张安恒送给她的生日礼物。

然而吴彦玫抿一抿嘴,什么也没说。

"明天可以出院,那表示完全恢复了。"吴彦玫不带感情地说,"我看我先走了。"

行色匆匆的原因是她担心再耽搁下去恐怕要遇到张安恒

上来了。

为什么轮到自己担心呢？吴彦玫一边走向咖啡厅，一边生自己的气。

私人医院的咖啡厅经过精心布置，装潢设计之漂亮新颖和外边的高级餐厅没有差别，正在里边等待的秦玉荷看见吴彦玫进来便问："怎么样?"

吴彦玫苦笑："早在意料中，还能怎么样?"

突然秦玉荷说："啊！安恒来了。"

她们看着手里捧着一束绚丽黄花的张安恒，头发已经苍白而脚步仍然迅捷地往电梯间的方向走去。

"我非常后悔。"吴彦玫抑制了许多年的眼泪掉了下来，"当年不应该想尽办法从她手里把安恒抢过来。"

秦玉荷张开嘴，但没说话。

当年沾沾自喜以为是胜利的人，在时间走过以后，发现原来是一项失败的记录。

"要是今天嫁给安恒的人是她，那么我可能就成为安恒心里的珍珠，如今我竟沦落为他手上的鱼目。"吴彦玫倘若一早知道结局是这个样子，她宁愿自己当初是受挫的人。

秦玉荷感慨地叹息："也许唯有分离才能带来永恒。"

爱情故事如此简单，我爱你，你爱他，他爱她。写的人永远写不完，说的人永远说不清。

秦玉荷这一声叹息，说的不是他人的三角关系，她也是在为自己的爱情伤神。

珍珠或者鱼目，只有时间才知道吧？

老　地　方

　　候车亭已经很旧了,张香月开始没认出来。

　　本来油漆得发亮光滑的天蓝色亭子,早已破损不堪,颜色脱落的地方像秃了的头,非常难看。

　　没有任何东西可以经得起风吹日晒,岁月终究要摧残所有当初美好的一切。

　　当张香月在四周徘徊良久,终于认出来,就是眼前这个残旧的候车亭的时候,她忍不住叹息。

　　张香月看了一下正在等车的人,一个穿着她那个年龄才爱着的短短裙子的青春少女正在嚼着香口胶,一个是背着背包,耳朵戴着耳机听歌陶醉得闭上眼睛的中学男生,另一个是像她一样的中年女人,大家仿佛约好似的,排排坐在候车亭的长椅子上。

张香月也跟他们坐在一起。

看起来和她约好的人还没有来。

说来会让人觉得可笑。

今天早上,她一早就起床,然后梳洗打扮,发现头发变得不听话,明明梳理好了,额前短短的那一绺,总是一个低头就掉下来,她花了很长的时间,也梳不上去,后来还是小孙女去把她妈妈梳妆台上的发油拿来:"婆婆,妈妈每天早上梳头都抹上这个。"

然后,她连早餐也吃不下,媳妇交代印尼女佣每天特地给她煮粥。她一直都喜欢比较清淡的早餐,今天桌上也和往常没有分别,但她就是没有胃口。

"婆婆,你好紧张哟!"六岁的小孙女星期六没有去幼儿园,看见她一下走到客厅,一下又爬到楼上,突然说出成人才会讲的话来。

张香月听着,有点腼腆地笑了出来。

她这才发现自己居然那么在意今天的这个约会。

三十年前,两个人为了各自的家庭,终于选择分手,刘万成带着孩子和太太,回到太太的故乡台湾。张香月流泪接受了这一切,她也不能为刘万成牺牲她幸福的家。

刘万成和她订了这个约:"三十年后,今天,我们仍然在老地方见。"

老地方,就是这里了。这还是他们首次约会时见面的地方,他们在这儿上车,然后一起到一家不著名的咖啡厅去,主要不是喝咖啡,而是倾诉彼此的情意。往后每一回见面都是在这儿,都是去那家咖啡厅。

其实到今天,见不见都不能再有什么新的发展,两个年过半百的老人,还谈什么爱情呢?

不过是了一了心愿罢了。

虽然刚分手时在心上是常常都挂着他的,但是,渐渐地明白这样对生活没有助益,对刘万成的思念就缩得小小的,像一方邮票,寄不出去的思念被搁在心的一个角落。

张香月静静地等待着,刘万成一向都很守时的。

刘万成没有想到,这家不著名的咖啡厅还在做生意。为了要赴张香月的这个约会,他千里迢迢地自台湾赶了来。

两个守诺言的老人,在彼此心里的老地方,从中午等到黄昏,才失望地各自回去。

“没有什么是永恒的。”张香月和刘万成一起苦笑。

说这话时,张香月已经回到儿子媳妇的家,对着窗口眺望。

刘万成则在他下榻的酒店房间里,独自看着门外的天空。

有一个月亮在天上,冷冷地,照着世间的悲欢离合。

花心的外遇

每当办公室里的同事提到"外遇"这两个字,何多莉便不出声了。

大家都知道她的心事。

去年何多莉的母亲因病去世,去送殡的同事回来以后,把话传开,原来何多莉的母亲是一个有钱人的小太太。

但是,何多莉却不是那个有钱人的女儿,她母亲在给那个人做小太太之前已经嫁给何多莉的父亲。

何多莉的父亲早逝,那时何多莉才六岁,过后,她母亲就带着她和那个有钱人同居。

传闻中还有更不堪的。

有钱人的大太太知道丈夫有外遇,曾经到何多莉家大闹数次,把屋里的家私都砸坏了。有一回,连玻璃窗、门都打破,还将何多莉母亲的头也打得血流不止,送院就医。何多莉和母亲因此搬迁过很多次,但每次都避不开神通广大的大太太。

何多莉的母亲是有钱人的外遇,这是无法改变的事实。所以大家在何多莉面前不谈"外遇"这个话题是可以理解的。

然而大家所不知道的是,这个外遇故事已经成为过去时,正在进行中的外遇才是何多莉真正的烦恼。

这件事开始在何多莉的母亲去世以后。

何多莉母亲的葬礼上,那个有钱人并没有出现,他派了他的一个代表来,那个代表正是他的儿子,罗启建。

这不是何多莉第一次看见罗启建。

他们在小时候,曾经是玩伴。

罗启建的父亲来找何多莉的母亲时,也带过罗启建一起来,一直到罗启建的妈妈,也就是大太太知道这事后,罗启建才没有继续出现。

罗启建出席何多莉母亲的葬礼时,心态上孤苦无依的何多莉像见到亲人一样亲切,在记忆中,她对罗启建有一份哥哥的爱。

之后,罗启建就时常到何多莉家找她。

兄妹的情爱终于变成男女的关系。

罗启建已婚,并有二子。

何多莉在母亲成为别人的外遇后,时时警告自己、警惕自己,千万不要成为另一个男人的外遇,那不只是不快乐的事,还是悲伤的爱情。

剧情如果可以重新安排,何多莉并不愿意她生命中的情节被如此编排设计。但是,感情不可以理喻,也无从阻挡。

何多莉听到同事提外遇,她总是垂头不语。

命运对她们母女如此不公平,居然两代都成了别人的外遇。

在这个婚外情非常普遍的时代,外遇竟已成为众人的切身问题。

关于外遇的故事几乎每天都在人们的口舌间流传。

后来她凡听到同事谈外遇,都忍不住偷偷地注意听着。

她担心自己和罗启建的事情被同事们发现。

"罗启建?不要开玩笑,听说他的太太很厉害的,你小心一点的好。"

何多莉难以置信地看着两个说话的女同事,以为自己的耳朵出了毛病。

"已经三年多,最近不找你,可能是他的太太发现了。"

原来不是在和她说话。

这时,何多莉才知道自己的命运比母亲更悲惨。

起码母亲遇上的是专一的外遇,而她的却是花心的外遇。

离 婚 晚 餐

电话响起来的时候,我正在洗头,本来不想理它,但电话那头的人一定是非常固执,它停了两次以后,仍然继续那"丁零零"的呼唤。

"是我,薇薇。"苏薇薇明快地说,"明天晚上,陪我和陈祖荣吃饭。"

"我是你的菲佣吗?"我嘲讽她。她那口气,不是请客而是强迫。

"你一定要来,我们终于协议离婚了。"苏薇薇语调轻松,说得像她不是当事人。

"要我做见证人是不是?"我没有吃惊。苏薇薇和陈祖荣两个人,婚后老是在吵架。每回吵完,苏薇薇就来找我诉苦。她的苦,我听起来都是芝麻绿豆,但他们两个就是有办法吵得起来。还有离婚这两个字,在苏薇薇口里是家常便饭,几乎已经成了她最爱用的口头禅了。

"正是。"苏薇薇不知道是不在乎或是听不出我口气里的嘲讽,"所以你一定要来。"

"喂,你到底在说什么?"我总得打听清楚,她说得那么含糊,"又说吃饭,又是离婚?你是要我往哪一个方向走?餐厅或者律师楼?"

"先到餐厅。"她说得明白清晰,"明天晚上,是我们离婚前夕的最后一个晚餐。"

我叹气,他们两人简直像在演戏。"你们这是搞什么?"

"搞分手呀!"苏薇薇一丝悲伤的情绪都没有,仿佛离婚是中了彩票一样快乐的事。

晚餐居然选择在城里新开大酒店的中餐厅。

就我们三人。

"她非要离婚。"陈祖荣叫的菜,没有点苦瓜,但他的脸部表情却像是刚咬了一块。

"是他要的。"苏薇薇却又推卸责任,还对她将要分手的丈夫说得像在撒娇。

"他根本都不爱我。"

我看一下他们两人的脸,然后低头吃鱼。

我最爱吃鱼。

"我不爱你?"陈祖荣似乎被人冤枉了般,低声喊叫。

"要不然为什么你听到我说离婚,就说好。"苏薇薇噘嘴问。

"既然你都不珍惜我对你的感情,我为什么要硬硬拉住你不放?"一个大男人,讲话倒像受委屈的怨妇。

"哼,你不留我,自有留我的人。"苏薇薇却像有大把男人在等她挑拣般毫不在乎。

"你走好了,天下间难道没有别的女人了吗?"陈祖荣的嘴巴也很硬。

我吃饱了,抹嘴,然后说:"你们继续吧,我先走了。"

"不,我和你一起走。"苏薇薇说。

但她丝毫没有要起身的动静,我提着手袋,自己走了。

第二天,我打电话给苏薇薇:"今天去律师楼吗?"

苏薇薇笑得开开心心地说:"我们言和了。"

我照样没有一点惊奇。像这样的事,去年总共发生了十多次,这是今年的第十一次。我到今天仍然未婚,只能在心中怀疑,也许这是现代夫妻巩固彼此感情的一个手法。

花 月 浮 影

　　喧闹亢奋的音乐像被火燃烧着似的滚热炙烫,她的耳朵仿佛可以感觉到火焰的旺度和张狂,向来文静优雅的她,虽然仍旧若无其事地微笑,一颗心却啪啪啪地跳得比平时迅捷。

　　旋转的灯光旁若无人地飞快交换着各种不同的灿亮颜色,人的脸孔因此也映照得绮幻艳丽,舞池里的人群使劲地跟着欢畅的旋律起伏摆荡,缤纷的舞场成了众人注目的焦点。

　　他们的座位在幽暗的角落处,当同事们纷纷携手投进舞池里时,坐着的她不安地左瞧右望,眼睛和心都处在紧张的边沿。

　　他问:"你不跳舞吗?"

　　"我不会。"她低下头,声音软弱。

　　刚刚从谈话中,她发现,所有的同事里,好像只有她一个人不会跳舞。

他安心地松了一口气："啊,我以为只有我不会。"

她很高兴："哦,原来你也不会。"

两个人找到共同点,霎时间表现得轻快喜悦。

"太吵了,"他站起来,脚一跨便坐到她身边,"说话都听不到。"

"嗯。"她同意,但有些眩晕的感觉涌上来。

在她还没有回神过来前,猝不及防地,他伸出双手握着她的手,搁在他的心口上,热烈地问:"你,感觉到了吗?"

"什么?"沉重嚣杂的音乐大力地撞击着她,轰轰声像来自外边又似乎发自她的心底。

虽然她在他的办公室也有两年了,但他们从来没有靠得这么贴近过。

上班时间都在一起,然而谈的全是公事,交代这个嘱咐那个,皆是客客气气,带有一段距离。

他是她的上司,很久以前,几乎是进来当他的女秘书不久,他的影像就已经开始悄悄地烙入她的心底深处。

这是一个天大的秘密。

她没有对任何人说起,甚至是主角之一的他。

一切都收藏在她的心坎里,稳稳当当地包扎着,紧紧厚厚地掩饰着,原因非常简单,他们彼此都没有资格给对方任何盟约和承诺。

他已经有了家庭。

她也已经有了家庭，一个深爱她的丈夫，一个她疼惜的孩子。

如果她表示什么，就有两个幸福美满的家庭将会被破坏。

她没有阻止自己的感情，因为不能隔绝也不能斩断，她只能无助地默默恋爱着他。

起初她有些悲伤，有些惆怅，有些痛苦，有些焦急，怕他知道，又怕他不知道。她无言地承受着这些情绪的折磨和凌迟。后来她看过一篇文章，作者在文章里说："爱一个人，可以不必让他知道，只要看着他快乐，看着他过幸福的欢悦日子，就替他高兴，自己也会同样高兴。"

这样的爱情似乎非常伟大，而且有点遗憾。

日子过去，她渐渐想通了，遗憾有时候是一种悲绝的美丽。

她也像作者说的一样，静悄悄地恋着他，根本不必让他知道，更不必让其他人知道。

这份爱，埋藏在心中。每天见到他，有一份甜蜜涌上来，中间杂着一份酸楚和惘然，淡淡的。

她有时揣测他已经知道了。

因为她和他说话的口气，对待他的态度，不经意间总会流露出特别的温柔和体贴，如果他是一个有感情的人，不应该察觉不出来的。

但他不曾表露过。

她在工作得眼睛累了的时候,抬头下意识望向他的桌子,时常发现,他正痴痴地望着她,看到她的视线朝他望来,他却低下头去了。

是刻意在逃避她吗?

但此时他却毫不顾忌地拉起她的手,放在他灼热的胸口。

他为什么突然鼓起勇气了呢? 是环境、气氛制造了他的勇敢,或者是他再也抑制不住自己了?

鼻子有一股酸意,就快冲到她的眼睛里,她深深地吸了一口气才开口。

"没有。"她坚决地回答,"我没有感觉到什么。"

载浮载沉的希望在瞬息间完全沉了下去。

他充满期待的眼神倏地黯然无光。

闪烁的灯光猛然暗下来。

舞池里的人纷纷回来了。两个人再没有机会说别的什么。

镜花和水月,浮光和掠影,都是最美丽的。

回家的时候,看到深夜还在等她的丈夫,还有已经睡着了的孩子的稚气的笑容,她惆怅地微笑。

支离破碎的家庭不只是两个人的不幸。已知结局悲怆和无望的恋爱,不如不要开始。

这一份感情如果进入发展和延续的阶段,反而会加速结束的到来。

人生总有一些梦,是永远不能实现的。

让暗恋继续暗恋下去好了。

加了柠檬汁的木瓜

他在吃一片木瓜。

其实他最喜欢的水果是梨，但他太太从来不买回来，她说梨是那么不好听的水果名字，就算再怎么甜她都不会想吃。

"但是我想要吃。"他对太太说。

"梨，多像分离的离。"太太皱眉说，仿佛说说也不吉利，"真难听。"

"但是梨真的很好吃。"他稍稍抗议的口气。

"木瓜更好吃。"太太坚持，"我最喜欢吃木瓜了。"

"可是——"他还想说什么，太太不让他说完，半途插嘴："我把最好吃的买来给你吃了，因为我爱你呀！"

太太说完，对他甜蜜地微笑。

据说男性不能够左脑和右脑并用，所以当他们听到这样的话时,反应往往是不知所措。

也许他们接受这句话的当儿,他们也有同样的感受,可是他们无法在感觉的同时即刻很清楚地表达自己的感觉。

一向木讷的他,对这种坦白的倾诉,更是迟钝得不知道如何回应。

他只是没有再为自己心爱的梨继续奋斗下去。

关于这一点,对女性而言却是非常轻而易举的事,她们总是一眼看见什么就即刻可以思考,然后马上以语言传达。这个社会都以为女性是弱者,其实仅就这一点,男性便已经差得太远了。

他每天饭后都吃一片木瓜,这是太太的主意。

“对你的身体有益处。”太太告诉他,“木瓜营养丰富极了,对人体的健康大有助益。”

他张嘴,把“梨子没有营养吗?”这问题和木瓜一起吃到肚子里。

没有出声。

无法出声。

每餐饭后,他从冰箱里拿出一片木瓜——太太准备好的。

对着那片木瓜,他慢慢地吃,他吃木瓜的速度越来越缓慢。

有时候只是一小片,就要吃好久。

太太走进来,看见他用一把小匙在挖着盘里那略带黄色的木瓜:"咦,你怎么每次都不加点柠檬汁呢?"

他没有出声。

"说了多少次了,你都不听。"太太摇头。

他没有出声。

"不要那么懒惰嘛。"

太太自己最爱木瓜加柠檬汁的吃法。

她打开冰箱,拿一颗青绿柠檬出来,切开,把半边的汁全挤在他的木瓜上面。

"看,这下子比较美味了吧?"太太很得意自己的食谱。

他静静地把加了柠檬汁的木瓜慢慢地吃完。

他最恨吃加了柠檬汁的木瓜。

心　结

"我永远不会忘记你。"她看见雅致的卡片上,写着这一句话。

微笑漾开来,突然有一股凄楚在心中游移不去。

年轻时总以为自己能力无限,可以掌握一切,料不到岁月并没有放过任何一个人。

谁都赢不了时间大神的一双手。

"谁送你的?"她问。

女儿微笑:"一个男同学。"

男同学? 是的,一个男同学。

那时每一个女同学都在心中暗暗倾慕李世原,当她收到他寄给她的一张生日卡,而卡片的里边就写着"我永远不会忘记你"这样一句话的时候,她的眼泪不受控制,汩汩地流。

美好、快乐的眼泪。

十七岁的少女，听到有一个男生说永远不会忘记她，那种感觉非常震撼，但是愉悦。

"他在追求你吗?"她问女儿。

她和女儿的感情很好，像朋友多过像母女。所以女儿什么事情都告诉她，连收到这样的一张卡片，也拿给她看。

"不知道。"女儿耸耸肩。

李世原从来没有展开追求行动。他只是不断给她写信，在信上倾诉他对她的爱慕，然后告诉她，等他有一天事业有成的时候，他会回来找她。

她等待。

"你喜欢他吗?"她继续追问。

"同学罢了。"女儿给她成熟的答案。

她非常高兴女儿比当年的她懂事得太多。

"你相信吗?"她有点担心地探听女儿的感觉。

"怎么可能呢?"女儿笑起来，大声地说，"哪有永远不会忘记这回事?"

啊! 女儿的头脑十分清楚，明白世间是没有永远的。

"他说，我不过是听啰。"女儿还是笑，"听了感觉愉快，很好呀。"

当年要是她有女儿的这种胸襟，就不会对李世原怀着希望。

一个告诉她永远不会忘记她的男人，最后还是把她忘得一干二净。

她有一次遇到他："是你，李世原？"

"你？"李世原看她半天，仍然想不起来，"请问你是……？"

本来只有怨的她，因为这一个问题，转成了恨。

李世原身边，带着一个面目模糊的女人，普通得和街上的买菜妇女没有差别，她听到他说："这是我的太太。"

她不是悲伤，只是有被骗的苦涩。

可是，谁在欺骗她？

那个骗她的人，其实就是她自己。

"这张卡，收起来，可以当成纪念品。"女儿对她笑，"以后我会记得，曾经有一个男生对我那么好，这不就够了吗？"

她没有想到，多年来的心结，在这个时候被女儿解开了。

碎　碗

　　打破一个碗，全村人都知道。她是从那个年代过来的人，在物质贫乏的时代，一个碗被打破，代价是她在前面跑，妈妈拿着棍子在后边追，一边大声喊骂，于是，一下子全村人都晓得，她不小心打破了一个碗。没有人来为她讨饶，因为破了一个碗，要再买个新碗，并非容易的事。家里的杯盘碗碟，用到缺了几个角，还舍不得丢掉，继续盛菜盛饭盛汤。有的用就已经很了不得了，无人计较精美与否。

　　后来她开始收藏陶瓷，特别是餐具用途的杯盘碗碟。

　　所有陶瓷的形成皆经过一番高温。店里的年轻售货员滔滔不绝地解释，仿佛在说明他店里的陶瓷为何标价不低。"先以陶土塑造出美丽的外形，然后再进入高温的窑，烧制成美好的瓷器。"他指着几个色彩变化得非常奇妙的陶瓷说，"看，釉药在高温的燃烧下产生奇特的质变。"他特别强调,"这在制作之前想象不出来,是自然的变化。"

多次到陶瓷店,她不是没有听过这些,却沉默地跟着售货员的话语点头。一个陶瓷的制成,无论粗糙不堪或精美绝伦,都曾经经过多种程序,就像每个人的生命历程,随着时间,随着历练,一切逐渐产生变化,有的可以控制,有的无法掌握。

"预期的效果,或者是惊喜的变化,"她问,"是否影响陶瓷的价格呢?"

售货员迟疑,然后答:"多少吧。"

当年她的志愿是做一个老师,没有想到两次投考师范学院竟然失败,于是,带着失意的心情去当保险销售员。后边跟着来的是更大的意外,她的成就越来越高,最终成为一个销售明星,成为诸多后辈学习的典范。然后,她的家用陶瓷全是外国进口的名牌,就算喝杯茶也要英国的皇家牌子成套摆在桌上。不过,坐着喝茶的往往却只有她一个人。过了四十岁,事业有成的女人,再要成就婚姻仿佛难度日高。她喜欢的男人,大都被家庭套牢;喜欢她的男人,她却存有戒心。有时候购买陶瓷,到底是为了它外形的精美还是制作者的名气,她自己都分不清。

售货员热心地追问:"有没有看到喜欢的?"

她没有回答,也没停下脚步仔细观看。

收藏多年后,越来越难买到中意的货色。

眼界高听着像是称赞,跟在后面的却是不断的失落。就像选择男人,四十岁以后,条件跟着年龄长高,看得入眼的,仿佛都在别人家里。

售货员不放松,跟在她后面介绍:"这个不错,那个也好……"

她步伐加快:"再看看吧。"

两手空空回到家里,对着一橱的精美陶瓷,眼泪突然掉了下来。她打开橱门,选择一个最喜欢的碗,拿出来看了一看,有点不舍,最后还是把手松开,陶瓷掉在地上,哐啷一声,她看见一地的陶瓷碎片。

二遇芒草花

她没想到会在这里看到一大片芒草花。

洁白纤细的芒草花在橙红绚丽的夕阳下,益发洁净雪白,秋天的风掠过,它们微微地摇曳,像在朝她行礼招呼。

"这里怎么有那么多芒草花?"她好奇且激动地问。

领着他们观赏的亲戚茫然回问:"什么芒草花?"

"喏!"她指着水边白茫茫的花,"就是那个。"

"哦!"亲戚明白了,"那个我们管它叫芦苇花。"

"芦苇花?"她倒是第一次听到。

她记得自己首次被洁白得像云絮般的芒草花迷住时的那种震撼感觉:"啊,多漂亮呀!"

那是在台湾念书的时候,要陪他到政治大学去,下了公车,走过木栅的一条小路,刚好也是秋天,踱步在灿亮的阳光下,寒风中的芒草花轻轻地飘舞着,让她惊艳得马上忘我地走过去,想要采几枝回去插在房里他刚买来送她的圆圆矮矮的黑色瓶子里。

她可以想象那种苍凉,还有一种强烈对比的不相称的美。

他唤她回来:"你做什么?"

"好美!采几枝回去插在瓶里,一定很好看。"

"傻得你。"他嘲笑她,"这长在路边的花草,算什么花?"

她不理他,仍然往前直走,他却伸手拉住她:"你爱花,明天我买几朵玫瑰送你。"

"不。"她坚持,"我就喜欢这芒草花。"

他觉得眼前这个女人不可理喻。

"这芦苇花嘛,"亲戚说,"它的花茎可以用来造纸,也可以编草席。"

她到这时候才晓得芒草花居然还有那么多用途。

"是呀!"亲戚说,"待把花絮抖掉后,还可以做扫把呢!"

"哦!"她看着美丽的芒草花,也许她一直认错了,应该叫芦苇花,她不会分辨它们,但是,什么名字并不重要,美丽就是美丽。

在她不知道它到底有没有用的时候,她已经为它的美丽倾倒。

"你不要采回去啦!"他说,"就是喜欢收集垃圾!"

他突然冒出来的一句评语,令她的心颤抖了一下,然后一阵阵地牵痛。

她一直不知道他是这样看待她的。

"要不然,怎么会满山遍野地种呢!"亲戚好像在笑她的无知。

她抬眼一看,果然不仅水边,满山遍野都是白茫茫一片芦苇花。

"是种的?"她还以为是野生的呢!

"喂!"她唤着在跟另一个亲戚谈投资的事的丈夫,"你看,都是芒草花,好漂亮哟!"

丈夫在指手画脚,没有回答她。

他们这次回乡下,主要的目的是投资,所以亲戚的欢迎姿态是非常热烈的。

"我要采几枝回去。"她说,充满向往。

她住在旅馆,刚才走进房间时,她就看到房里桌上只有一朵沾满灰尘的塑胶花斜斜地插在一个造型普通的瓶子里。

亲戚带着笑意问:"你要采回去做什么呢?"

"插在瓶子里。"她说。

"插在瓶子里?"亲戚也笑,"没有人插芦苇花的啦。"

但是,亲戚不敢得罪她:"你要的话,我过去采几枝给你带去。"

"算了，算了。"丈夫挥挥手，"要这个干什么？"

她还来不及回答，丈夫说："你要花，明天找几枝玫瑰给你，不要烦人了。"

坐在回旅馆的车上，眼睛里盈满深切的寂寞和哀伤的她，静默无声地看着满山遍野一片白茫茫的芦苇花。

曾经在梦中，她看过这样的景色——满山皆是恍惚闪动的雪白色芒草花，仿佛每一枝花上都有湿润的露珠在滚动。

人生有多少次的相见？就在她伸手可及的时候，她却从来没有机会采回来。

她曾经拒绝了一个不喜欢芒草花的男人。

她却嫁给一个也不喜欢芒草花的男人。

不幸的翻版

大家都公认何振强长得好看。

我却一口拒绝了何振强的约会。

"真的没时间?"何振强脸色微变,但仍在做最后的努力。

看他一脸写满了难以置信,我肯定他从来没有尝受过被女人说不的滋味。

而我并非刻意要破坏他的美好记录。

"是的。"我脸上的微笑仍然如花,"一早说好的,约了妈妈一起去逛街。"

他黯然的神态令我略有不舍,多么希望他再问一次,我的心也许会软化而点头,他却沮丧地走开了。

李文绢马上转过头来问我:"喂!你!你的头壳坏去了是不是?"

伸手摸摸自己刚换的发型："才叫美发师设计了个新的，怎么会坏呢？"

她当然知道我在开玩笑，白我一眼："那么多女人等着他来约会，排队也排不到，你居然同他说没空？"

李文绢的话，我完全没有怀疑。

高大英俊之外，何振强还有一股男子气概。这是很难形容的，反正他就是女人一看到，便即时印象深刻的那种男人。

"我妈妈难得到吉隆坡来，我要陪她。"我的谎话说得像真的一样。

李文绢笑着说："我看何振强一定是第一次听到女人对他说不，他垂头丧气的模样，唉，居然也是好看的！"

"太迷人的男人，不适合当对象。"我警告她。

"你真老土。"李文绢嘲讽我，"恋爱罢了，又不是要和他结婚。"

我想，这就是李文绢和我不同的地方。

她是为恋爱而谈恋爱。

我的恋爱却是寻找结婚的对象，这是我的坚持。

像何振强这样外在条件过于优秀的男人，并不是我理想中的伴侣。

我若是真的和他恋爱了，每天都患得患失，一颗心忐忑不安，日子不会好过，我不想为一个男人提心吊胆、痛苦不堪。

世界上并不只有何振强一个男人。

这是我第一次看见何振强的时候,自己劝告自己的话。

今天终于用得上了。

"可惜他不来约我,要不然,连考虑也不必,我马上点头。"李文绢惋惜地叹气。

"你这不是在自讨苦吃吗?"我提醒她。

"为爱吃苦,心甘情愿。"她做出沉迷不醒的样子。

看着一个执迷不悟的女人,我为她的天真而笑出声来。

"我是认真的。"她朝我点头,"我第一眼看见何振强,就等待到今天,他却没有注意我。"

我缓缓地说:"我想,爱情与美丑无关吧!书上不是说内在美更重要吗?"

"你别是中了老夫子的毒吧?"李文绢吃惊地瞪着我,"通常喜欢一个人与否,当然和外表有着非常重要的关系,我从没听过谁是为了谁的内在美而开始追求他的。"

"对我,不是如此。"

我说完便走开了。因为这是违心之论。我一边说着爱情与美丑无关,一边拒绝何振强,拒绝的原因却是他的外表长得太出色。

妈妈很早就对我说过,长得太好的男人,不会是属于你一个人的。

我有一个英俊的爸爸,他的风流和妈妈的痛苦,自我懂事以后,从来没有中断过。

　　我不要像我的妈妈,永远和别的女人共同拥有一个男人,而何振强,我把他当成可以远观可以暗恋而不可相守的男人。

　　他的不幸是,他长得太好看,简直是我爸爸的翻版。

爱狗和不爱狗的人

晨跑的时候,不知道从哪里跑来一个男人。

在我们这个住宅区的公园里,大清早到公园晨跑的人不多。

妈妈说超过七点人会多一些。但是,我去得比较早,碰到的人,来来回回就是同样的那几个,所以一边跑一边点头,和认识的邻居打招呼。

今天这个男人,我不是想要特别注意他,而是看他的时候,他的手上竟然牵着一条狗。

我五岁那年,在念幼儿园,老师是个印度女人,瘦瘦的,但是眼睛很大。我觉得她很好看,虽然长得黑一些。她教我们看图片认字,图片上有一只狗,她告诉我们这是 dog,然后说,dog 是人类的好朋友。我很喜欢这个印度老师,因为她时常,几乎可以说每天都称赞我很美丽、很乖巧。叫我出来念课文时,一定夸我念得真好,声音响亮动听,发音很标准。而且她还给我的作业贴很多星星,她说得到星星越多就是越聪明的孩子。小小的人儿对老师的话深信不疑。

有一天,我放学回家,看见隔壁搬来一家新的邻居,有好多人在帮他们扛大小家具进进出出。

我看到篱笆门边绑着一条狗,黑色的,没有尾巴,很奇怪,所以我就去摸它身后的那一截短短的、好像尾巴的肉块。没想到那条狗不想跟我做好朋友,也许我的讯息传达有误,它头一转,就咬了我一口。

这是真的狗,不是图片上的那只。

图片上的那只狗不咬人,真狗咬人的。

这是我五岁时对狗的记忆。

这事一直存在我的记忆里,是一桩用铅笔擦都擦不掉的童年往事。

往后我只要看见狗,就敬而远之。

不管它是不是我们人类的好朋友,或者要不要与我交朋友,基本上我们是言语不通的,既然无法沟通,我还是避之则吉吧。

只要被狗咬过的人,都会对狗产生一种恶感,还有恐惧的心理。

所以当我看见一个男人,我不会怎么样,可能还会朝他微笑以表示我的亲切友善;可是,当我看见一个手上牵狗的男人,我跑步的速度即时缓慢下来,本来是直直地跑,看见狗在前面跑过来,我就渐渐回避到草丛边去。

　　牵狗的男人向我摇摇手:"哈喽,你早。"

　　我本来就不认识他,不知道他是谁,我看一下他的狗,用不认识他的眼神看他,不同他打招呼。谁叫他不同人走在一起,偏偏和一只动物一起走,况且那只动物还是一只狗。

　　我洗澡的时候想,如果这个男人不牵狗,我肯定也会和他说哈喽的,因为他长得干净好看,而且态度和气友善。

　　"哈喽!"

　　我停下脚步,想一下,也点头:"哈喽!"

　　我没想到乘搭电梯时会遇到他,现在他手上没有牵狗,我比较放心和他说话。

　　"你不喜欢狗是不是?"他问。

　　聪明的男人总是受到女人的欢迎,想来他一定有很多女朋友。

　　"是的。"我直截了当承认。

　　"太可惜了。"他口气里有轻轻的遗憾。

　　我不晓得这是什么意思,也许他和我是一样的想法,本来存在于我们之间的可能性此刻完全消失。

由于他爱狗,我不爱狗,我们彼此间的幻想在刹那间破灭了。

　　电梯来了,他让我先进去,我微笑接受他的好意。

　　如果他不是那么喜欢狗的话,如果我不是那么讨厌狗的话,也许这个故事就会有不同的结局。

噩　梦

　　她亲眼看见他被人捉走了！

　　惊慌失措之下，她急遽追上前去。但是他们的距离越来越远，紧张焦虑而行动缓慢的她怎么追得上那些手脚麻利、有备而来的男人？

　　她抑制不住，高声惊呼："啊！家明！"

　　"芳华！芳华！"

　　她张开眼，一颗心还在怦怦疾跳。

　　这才发现自己的双手压在胸口上，呼吸因此难以平衡。

　　是他叫醒她的："芳华，你怎么啦？"

　　她坐起来，抚着胸口，深深吸一口气："啊，我做了一个梦。"

　　"是噩梦吧？"他关心地问，"听你的声音那么慌张害怕。"

　　她愣一下，才点头："是的，一个噩梦。"

最近她时常在做着同样一个搅拌着恐惧和怆恻的梦。

在梦中,她并没有看到被捉走的人的脸孔,但她兀自认定他就是家明。

婚后三年,仍然没有孩子,她去做了检查,当医生告诉她,她再也不能生育的时候,这个梦出现得更频繁了。

年轻时候,不懂事,也不听话,结果未婚便怀了孕。

那个不是真心相爱的年轻男子,一口气就把责任推诿得一干二净。

"我怎么知道一定是我的孩子?"

年轻男子冷冷地横她一眼,仿佛她是个骗子。

他居然是如此陌生而遥远的男子,这是沉重而悲伤的事实,她不得不承认。

带着被羞辱和损害的心去堕胎。

那个时候,年轻男子已经远走高飞,到日本跳伞去了。

陪她去找医生的,是她的好朋友李婉真。

"没什么的,忘记这一切。"李婉真口气淡淡的,"一个小手术,你别放在心上,总会成为过去的。"

虽然她时常用同样一句话来自我开解,但她还是忍不住要把现实带进梦中。

无数次做同一个梦,梦到家明被人捉走,然后就颤抖地醒来。

突然她担心起来，迟疑了一阵子，局促不安地问："你说我的声音非常慌张？我刚才说什么呢？"

他不着痕迹地回答："你讲话那么含糊，我听不清楚。"

她放心地转过身子。

他一向不说谎的，如果他说听不清楚，那么就是听不清楚。

她很明白他的为人。

他睡在她身边揣测。

究竟谁是家明呢？

第一次听到她在睡梦中喊家明，他的心像被人切割一般，却没想到她居然一再做有家明的梦，一再以怆痛欲绝的语气喊着家明这个名字直至醒来。刀割似的伤痕不但没有复原，而且一次次撒上盐巴，疼得像要裂开了。

那个男子居然有那么大的魅力令她多年来念念不忘吗？

他觉得有点冷，也许房间里的冷气太大了，于是他沉默地把身体缩进棉被里。

她也把身体再缩进自己的棉被里。

好多次，她的话到了舌间，却不敢向他开口。

她把那个早逝的孩子，取名家明。

花　凋

他在客厅看报纸,面无表情。

她在客厅擦地板,没有笑容。

每个周末早上都是这样过去。

他翻着报纸,她的抹布就快到他脚下来了。他于是抬脚,要搁到客厅的小桌子上,这时他才发现小桌子上有一瓶花。

这花有点像他最近买来送人的,好像是叫玫瑰。

花店的人说:"这花最适合送女朋友了。"所以他就买了。

他对花从来不留意,花的名字对他并不重要,而且那花已经开始凋谢,有数瓣脱落在桌上,像她身上的家居服,总是旧得灰灰白白的,看不出原来的颜色。

他有点奇怪,她最近是怎么了,时常买花回来。

但他没有问,也不再注意看花,手上的报纸还未看完,他的视线回到报纸上。

她冷冷地看地上,出力地擦着地,就算走到他面前,她也不看他。

她更喜欢干净的地板。

当她的眼睛掠过小桌子上的花时,一丝温柔涌起来,一些惋惜在心上悄悄升上来。

他没有看见。

报纸上有一个漂亮的女明星的照片,女明星的衣服小得容纳不下她自己的肉体,她的裙子,短得遮盖不住她丰满的大腿。

那么结实圆润的大腿,真容易叫人心慌意乱,而且抑制不住生出遐思。

似乎有清脆的笑声在耳朵边回响。

他看见眼前有一个充满诱惑的女人在弯腰对他说话:"经理,要是我真的升了职,我一定会好好答谢你的。"然后她眯起眼,斜斜地看着他。

她的眼睛里盈着万种风情,真迷人。

"真的?"他挑一挑眉毛,试探性地问。

"当然是真的。"当她笑得花枝招展的时候,身体一直在耸动,短裙好像变得更短了些,女性的魅力真让人招架不住哟!

报纸的一个角落有一句广告,大大的字写着:心动不如马上行动。

电话在这个时候响起来。

她一手拿着抹布，一手拿起话筒。

"你等一下。"她放下电话，到房间去听。

他知道她有很多八卦朋友，常常都给她电话，以说别人家的闲话为乐趣。

他放下报纸，看一下桌上的手提电话，最后决定到外头去打。

"我出去一下。"他朝着房间喊了一声。

如果他走进房间的话，就会看到她春意盎然的笑脸，笑得花枝招展的，身体一直在耸动："你送来的花，好漂亮哟！"

电话接通了，他一开口就听到她在电话那边笑，笑得花枝招展的。他想象着她耸动的身体。

无人的客厅，桌子上的花，正在一瓣一瓣地掉在桌面上。

鹅 卵 石

"小姐,你看华文或者英文的?"

七号的小姐问。

"有华文的吗?"高凯晴说。

七号小姐拿了几本杂志过来给正在等待吹头发的高凯晴。

高凯晴随便翻阅,都是些妇女、娱乐的流行杂志。

她的视线突然被一张熟悉的照片吸引了。

照片下有作者的介绍,打着深黑体的字,非常突出。

她仔细阅读:郑汉,法律学士,文学硕士,哲学博士,原是大学教授,现为专业作家,曾在本刊撰写人生感悟小品,深受读者欢迎,自本期开始,将于本刊撰写都会爱情短篇。

高凯晴微微地笑了起来。

时间的力量果然非常大。

她曾经对着河里的鹅卵石发呆,一起去露营的李秀芝从水中取一粒给她,说:"不能想象吧?原本有棱有角的石头,经过河水不断的冲击,最终变成圆润光滑的鹅卵石?"

"本来有棱有角的?"高凯晴是首次看到这么漂亮的石子,爱不释手,"不可能吧?"

岁月也是一条不断流淌的河。

当年她自火车上下来,一颗心七上八下,有点紧张,有点甜蜜。

经过印度人经营的小报摊,随手买了本杂志,继而不放心地先抬头四望,结果看到一个手里拎着《蕉风》的年轻男人朝她走过来。

自认爱好文学的年轻人,当年都是人手一本《蕉风》,以此表示自己的高层次文学品位。

而她也是从《蕉风》月刊上,看到郑汉优美的散文,才开始与他通信的。

"我看到你手上有一本《蕉风》。"郑汉看到高凯晴的时候,眼睛亮了一亮。

"你一定是高凯晴了。"

秀气而高挑的高凯晴点点头,一双灵活的大眼睛闪出惊喜的光芒,郑汉的高大英俊和文质彬彬给她留下深刻的良好印象。

郑汉正要开口约她去喝茶,突然看到她手上的另一本以明星为封面的妇女杂志:"啊!你居然看这种杂志?"

同样心高气傲的高凯晴容不下郑汉瞧望她的那种轻蔑眼光,特意说:"是的,我最喜欢看的,还长期订阅呢!"

"啊!"郑汉的失望清楚分明地显示在脸上,"这是低俗而不入流的八卦杂志,你……"

一本普通的女性杂志,破坏了两个文学青年的梦想,终止了他们的通信,从此两个人再也没有联系。

"小姐,头发做好了。"

七号小姐说。

高凯晴付了钱,临走前,再一次望着那张已经不再年轻的郑汉的照片,心里充满了轻蔑和不屑。

她还以为他是一块永远有棱有角的石头呢!

原来,最后也变成鹅卵石了。

在走出美发店时,她终于笑出声来。

病

大清早一醒来,她就觉得头很重,眼睛疼。

这是她的老毛病,要是前一个晚上带着心事睡觉,隔天清晨总要出现种种类似的症状。

梳洗时候,镜子里头的人,脸浮眼肿,五官似乎不听话,都不太归位。她非常明白这和年龄有很大的关系。

但没有办法,人再怎么有能力胜过天,也无法阻止时光的流逝。

难怪市场流行整容。不过才三十岁出头的人一个个已经老态毕露,她甚至怀疑是地心吸力日益加强。男友辩说是工作的压力,叫她辞职,结婚当主妇。

女人争取了多少年,才有今天的地位,出外工作,经济独立。若重往回头路走,让男人养,岂不是要仰他鼻息?

建议太多次，男友昨天晚上生气了。

"算了吧，结什么婚。"她仍然不理他，"这样不也很好吗？"

"这样，这样算什么？"男友说，"我要回来在家里看到你，要生几个孩子，要感觉到家的温暖。"

她一听到生孩子，更不敢出声。

男人却口口声声不停地念。

"谁要生孩子啦？"她终于皱眉头回答。

那痛苦的过程男人不会知道，他们不是怀孕的那个人。

两人不欢而散。男友甚至不留下来过夜。

这样的争执非一天两天的事，她原不放心上，但男友似乎认真了，从他的态度、语气来看。她认识他有五六年了。

对着镜子用手出力拍打脸孔，让自己清醒，让头轻一些，希望五官回到原来的地方。

抵达办公室，发现今天较早。她想，难怪头要重，原来自己比平常早起。

"早。"何志明招呼她，脸色比她的还要差。

老同事不避忌，直接坦白问："怎么啦？还没解决？"

"真头痛。"何志明也老实说话，"本来以为没有孩子，很简单。"

"阿红还是不答应签字？"阿红是何太太，也是她的老同学。两人毕业后就天各一方，她到公司上班，认识何志明后，再度和阿红联络上。

"是。"何志明一张脸非常痛苦。

两个好人，成就不了一桩好的婚姻。没人晓得哪里出了错，包括当事人。

"再这样下去，我会病了。"何志明确实是比前些时候瘦了，"吃不下，睡不好。"不知应该埋怨谁。

婚姻走到绝路，当初意料到的话，不如不结婚的好。

她庆幸自己昨天没有被男友感动。

"真想不通。"何志明自己在叨叨念念，"我看阿红是病了。"

"病了？"她问，"什么病？"

"坚持不离婚的病。"何志明生气地说。

她笑起来："你不也患上想离婚的病？"

何志明不甘被取笑："你不是因为这样而得了不结婚的病吧？"

"早晚是要离婚的，何必那么麻烦？"她把心事说了出来，忙用双手捂住嘴巴。

爸爸和妈妈最近在闹离婚，每天给她打电话，互相说对方的不对。

四十多年的婚姻，也会患病？

手机响起来，她叹气，是爸爸、妈妈，还是男友？

她觉得自己的头更痛了，也许下午要请半天假去看医生。

年轻的明信片

过 时 手 表

认识陈阿城的时候,我并没有留意他左手戴一个旧款的手表。

讲到观察力,我就变成低能儿。何况不只是陈阿城吧,虽然今天是个消费时代,但仍有很多人的手上还是戴着老款式手表,甚至五十年代样式的衣服鞋子也照样还是有人穿着招摇过市。

一直到我们恋爱后不久,有一回我们约会在电影院门口,我先到,却不晓得这是漫长等待的开始。起初我气定神闲笑眯眯地看着人来人往的热闹,一边在心里重复陈阿城约我看这部电影时的笑容:"人人都在讨论《铁达尼号》,几乎是无人不识里奥和露丝,我们再不去看,就会变成城中的落伍人士了。"

这么充满技巧的约会言语,我能够拒绝吗? 然而,渐渐地,我感觉自己的一双脚仿佛要石化了，也开始明白望夫山的传说是怎么来的。于是，我放弃了对看电影的期待，走到电影院前面的咖啡座坐下，唤了一杯浓郁的爱斯比，想让香醇可口的咖啡冲淡等候过久的气恼。后来我猜铁达尼号已经沉没进大洋里，陈阿城才一副气急败坏的神态赶过来。

我没有叫他，让他在电影院门口环绕一圈，才慢条斯理、好整以暇地站起来向他招手。

生气的情绪在经过一段长时间的沉淀以后，愤意掉到咖啡里，被我喝进肚子，消失了。

我的笑容令他放心，因为我看见他脸色松弛地坐下来，一边忙不迭地道歉："对不起，对不起。"

我耸耸肩，只是笑："看来你要换手表了，足足迟了一个半小时。"

他下意识抬手，看一下手表。我坐在他身边，也探头去看，这才发现："咦！怎么你的手表停掉了?"

他并没有惊异，沉吟半晌才开口："这手表是旧的。"

我怔了许久，忘记问他为何迟到。

这件事之后，我看他依然戴着那个已经坏了的旧手表，有点奇怪，问他："修理好了吗?"

据说这个时代，除非是几千几万元一个的表，要不然，已经没有人送去修理了。

他摇头。

"你是说,你还戴着旧表?"

这个癖好未免太古怪了。手表是告诉人时间的,戴着一个时间不对而且已经停止走动的表,是代表什么呢?

留恋,怀旧,或者感觉时光的长针和短针走得太快,不想看它们不停地移动?

作为一个体贴入微的女朋友,我在陈阿城生日那天,送他一个新的手表。

生日过了很久,我注意他每次出来还是戴着同样的旧表。

我于是明白其中一定有一个故事。

"愿意告诉我吗?"我考虑过才开的口。

"什么?"他做不明白状。

"手表的故事。"

他想了一下,终于说:"真巧,当她与我说分手,手表突然坏了,留下她离开的时间和日期。"

她就是我之前的他的女朋友。

我脸上带着微笑,心里收藏着悲哀。

到这时才晓得,原来他始终没有忘记她。

新的手表对他的意义比不上过时的表。

我们分手的时候,他还是戴着那个旧表来。

"再给我一段时间好吗?"他要求。

"时间对你有意义吗?"我没有悻悻然,只是说出我的怀疑。

他静静地瞪着他那个停了时间和日期的旧手表。

"算了。"我先站起来,往前走出去的脚步没有犹豫。

让他自己留在旧的时间里吧。

手　术

床边的桌子靠窗,叶米雅用下巴朝桌子示意,对杨恩里说:"你把窗帘拉开,然后帮我把桌上的手提电话放在我枕边好不好?"

刚走进来的杨恩里照着叶米雅的话做,但是嘴里却说:"很多人都说,手提电话不要放得太贴身,怕有患癌症的危险。"

叶米雅却仿佛没有听到,她把脸朝着房门,正好和窗口是相对的方向,房间里唯一的那张椅子却是搁在窗边的,杨恩里这时坐在椅子上。

"医生怎么说?"杨恩里对着叶米雅瘦骨伶仃的背关心地问。

"没事。"叶米雅轻轻地说,但在阳光下她的脸色显然不太好。

"你看起来很苍白。"杨恩里叹气。叶米雅自从前年认识唐立达以后就瘦下来,原本不胖的人益发弱不禁风。偏偏在这时候又因为盲肠住院开刀。

"要小心照顾身体。"

叶米雅转头来看他,然后摇头:"不想。"接着又说,"不要。"

"你不要这个样子。"那一副分明是在糟蹋自己的自暴自弃模样,杨恩里看了心里难过。

"我是想照顾身体,但是为了谁?"叶米雅惘惘然地问,眼眶一下子红了。

杨恩里明白她是为了什么:"身体是你自己的,痛苦也是你自己去承受,你这是何必?"

"痛苦本来就是非常个人的。"叶米雅不再看他,再度把视线投向房门,"我早就明白。"

"你在等人吗?"杨恩里其实很清楚,他这是明知故问。

叶米雅对着门口说话:"我在开刀前给唐打了电话,他说会来的。"

今天已经是开刀以后的第三天了。杨恩里刚知道她进医院,即刻赶了过来。

叶米雅说完,又朝枕边的手提电话看一眼:"我知道,他可能没有时间到医院来,但是,也许他会打电话。"

从头到尾电话一直没有响,唐立达倒是给杨恩里打了电话。

"什么时候出院?"

杨恩里问完,两个护士正好进来,为叶米雅量了血压和体温:"很好呀,一切正常,待医生来过,就可以回家了。"

叶米雅苍白的脸上充满希望:"如果唐待会儿来了,刚好可以载我回去。"

杨恩里接到唐立达的电话,唐立达对他说:"你告诉她,我不会去。她也知道我的处境,我根本是不可能去的。"

一个护士把置在可以移动的饭桌上的透明小罐子拿起来问叶米雅:"你的盲肠,要不要带回去做纪念?"

"抛掉它。"杨恩里突然大声地说。

护士被杨恩里的反应吓了一跳,沉下脸不声不响地走出去。

杨恩里不知道要怎么对叶米雅宣布唐立达不来的消息,他说:"米雅,你不要那样傻好不好?"

叶米雅沉默地看他一眼,然后才说:"来不及了。"

"你就把他当成你的盲肠,坏了,动手术开刀取出来,丢了它吧。"

过了很久,叶米雅才回答:"我不能。"

"你试试。"杨恩里急起来,忘记她身上的伤口,出力地摇她,"你试试呀。"

叶米雅点头:"我试过,而且试过很多次了。"

这时杨恩里打算把唐立达不来的事告诉她,还没开口,看见她闭上眼睛,眼泪在眼角流淌下来。

"开刀以前,我告诉自己,这次要是他再不出现,我就忘记他,但是,我再给他一个机会,过了两个星期,要是他不来,我就从此不要提他的名字。"

杨恩里记起上回叶米雅为唐立达堕胎时,他到医院去探望,那个时候她也说过:"要是明天他没来,我就不要再见他。"后来他始终没有来,是杨恩里接她出的院,出院以后她和唐立达还是在一起。

一个人要是爱上另外一个人,不论他怎么不好,她还是会不断地想念他,不论他怎么对待她,她还是会继续地爱恋他。

正如他对叶米雅。

等待的咖啡

坐在咖啡店里，看门口行人熙攘走过，听邻座两个衣着新潮的女孩对脚步匆忙的行经路人品头论足，肆无忌惮地边说边笑。

青春，做错事、得罪人依然可以被原谅。唯一的理由已经十分充足，因为年轻人不懂事，不必同他们计较。

曾经享受过这种目中无人的特权，无须妒忌。

（等待的人一直没有来……）

一小口一小口啜着唤来的咖啡，捧读一本《如何品尝一杯咖啡》的书。

就连在冲泡的不同阶段，咖啡都能产生不同的香味。刚开始是像生咖啡豆一样的生涩，接着才渐渐转为香醇。拿来一杯刚泡好的咖啡，应先闻香，再观其色，待色泽出来后，才能带来清爽圆润的口感。

喝咖啡要小口品啜,先含在口中令咖啡、唾液和空气稍微混合,同时仔细且以内心去体会咖啡在口腔不同部位的感受,再轻轻让咖啡进入肠胃之中,这是结合嗅觉、视觉、味觉的品味与鉴赏,如此才能真正体会出咖啡的精华之所在。

(等待的人一直没有……)

已经分不清,是因为太喜欢毕加索的绘画而爱上咖啡,还是先被咖啡迷惑了,才恋上才华横溢的毕加索。

其实所有的恋爱,恋到最后,皆成为一生的追忆。

谁也留不住谁。

然而牵肠挂肚、刻骨铭心、朝思暮想、念念不忘、魂牵梦萦,从前都以为仅是文人笔下的夸张形容词,世间绝无此事。

原来叹息,原来那些感觉,居然可以是真实的,像针刺到肉那样的真实。

(等待的人一直没……)

"真高兴与你相遇。"剧中的男主角对女主角说。

"真高兴与你相遇。"剧中的女主角对男主角说,"虽然你说这句话是骗我的,但我仍然要告诉你,真高兴与你相遇,真高兴与你相遇,真高兴与你相遇!"一声比一声更高,一声比一声更痛。

"真高兴与你相遇。"后来剧中的男主角托另一个男人,把这句话再一次重复。

"他是对你说的。"男人把这话转述给女主角，"真高兴与你相遇。"一直在暗恋女主角的男人是否顺便也把自己的心事给透露了呢？爱情有什么奇怪呢？不过是你爱他，他不爱你，他爱你，你不爱他。

啊，这正是爱情的吊诡之处。

从此以后，在女人的一生中，就算单独一人落寞地在拥挤的人群中踱步，也时常面露微笑。因为光靠这样的一句话，已经足以维系她对他永远的爱情。

在千疮百孔中，有一个角落是完美无缺、亮丽夺目的。

（等待的人一直……）

泡咖啡的小姐小心地冲泡着热气腾腾香味绵延的咖啡。

她先在烫过的杯子里倒咖啡，然后再注入打得起泡的热鲜奶，最后连奶泡也倒在咖啡上边。

是谁唤了和我同样的拿铁咖啡？啜着，染了一唇的白色泡泡，像长了白色的胡子一样可笑。但那浓郁的香，还有苦苦的味道总是令人恋恋不舍，时刻缅怀。

先得能够欣赏那种强烈的苦，才能得到依依的难忘。

（等待的人一……）

"你看，你看。"邻座的小女孩忽地低声唤她的朋友。

我看到了，另一桌，单身一人的黑长卷发的女人，对着她唤来的拿铁咖啡,流着撼动她自己心事的眼泪。

"加了眼泪的咖啡,是什么味道呢?"小女孩问这话时犹微含笑意。

她的朋友也带笑回答:"又苦又甜吧。"

"不!"小女孩大笑说,"是苦上加苦才对。"

两个女孩继续乐开怀地哈哈大笑。

没有经历过的事,发生在别人身上,大家把它当成笑话在流传。因为世间有一种痛楚是可以忍受的,那就是别人的痛。

(等待的人……)

我把剩下的已经冷却的咖啡一口喝光了。

(等待的……)

坐在咖啡店里,看门口的行人熙攘走过。

(等待……)

(等……)

…………

烈焰红唇

她看着饮料送过来,而他还没有来。

侍者把红色的饮料放下。

颜色和初次喝的那杯没两样。

她吸一口,咦,味道不太相似。

"烈焰红唇。"他替她叫的时候,她一听,略吃惊:"什么?"

"这饮料的名字呀!"他说,有点促狭地笑。

那个时候她没用吸管,直接就着杯子喝了一口。

看她喝下红色的液体,他充满期待地问她:"怎么样,怎么样?"

看他一副紧张模样,她笑起来:"什么怎么样?"

嘴唇边上也沾了红色的火龙果汁,她用纸巾抹了抹唇,纸巾亦印上红色。

"当然是烈焰红唇啦。"

"烈焰红唇?"她突然想起了他曾经说过的话,"你别使坏。"

"我哪有?"他的笑容却仿佛别有深意。

他含笑的艳红嘴唇犹如女性,令他不论紧闭嘴巴或者张嘴说话时,都一副很温柔的样子。

"怎么你的嘴唇比我的还像女人?"他吻了她,然后她才发现亲吻是一种享受。

在这之前,她不是没有男朋友,但和他的吻,给她的感觉非常不一样。

享受过后她问他这个问题。

"我是烈焰红唇呀!"他像在开玩笑,然后嘟着嘴问她,"不是吗? 不像吗? 你看你看,像不像?"

她笑他的稚气表情,一副撒娇的小孩样。

"是是是。"她其实很喜欢看他的孩子气模样,"那么红的唇!"她把赞赏说得像遗憾。

确实是在遗憾身为女性的自己,竟没有鲜红色的嘴唇。

他红色的唇,柔软湿润,吻着吻着,很容易陶醉了。

那个时候,永远准时约会。

时时约她到这里来,叫烈焰红唇请她品尝。

当她爱上了烈焰红唇以后,他们的约会仍然在这儿,这里是他们的老地方,这里有她喜欢的烈焰红唇,但是,他越来越不准时。

也许他已经忘记了,但她还记得,记得他曾经跟她说:"这烈焰红唇,只属于你,属于你一个人。"

她抽出饮料的吸管,把一杯烈焰红唇一口喝光,嘴巴全变红色了,连上唇也染了红色的泡沫。

擦过的纸巾,也有一层深红色在渲染开来。

到底为什么红色会有如此强烈的感染力?

当时不是为了他的烈焰红唇爱上他,但是,是为了什么呢?

想了很久也没有答案。

爱情没有理由。所有关于爱情的资格条件,全是在还没有爱上之前才会存在,爱上了以后,不必再仔细去思考。

"爱就是爱。"他的理由。

可是,为什么爱上了,约会反而变得不准时?

有一个朋友告诉她:"与人相约是一个承诺,如果不能准时赴约,即是没有履行承诺。要是连一个简单的约会的承诺也不能遵守,我不相信,这样的人,会遵守一个长达一生的承诺。"

当时她听得有点胆战心惊,因为她知道说这话的朋友已经发现,她的心在转移阵地。

看着红色的烈焰红唇在冰块融化以后,颜色淡得看不出红色来的时候,她终于明白之前的那个朋友的痛。

她曾经不准时赴约,现在他不准时赴她的约,理由都一样。

所有的人对不准时赴的约会的理由都一样:因为对那个约会毫不重视。

答案如此简单易懂。

为什么她还要继续思考,不站起来走开?

对绝望的事物存在希望,无疑是在让自己变成可怜的人。

她还要继续可怜自己吗? 她还要继续让自己可怜吗?

烈焰红唇已经喝光了。

她不再等待,招手唤来侍者,亲自为烈焰红唇结了账。

谎　　言

　　她看着他,好像看着一个从来没有见过面的陌生人。

　　其实他们曾经在一起生活过三年。

　　三年,说长不长,说短不短,但是足够让一个人了解另外一个人。

　　所以有一句话叫因了解而分开。

　　"最近好不好?"他问。

　　语气里好像也不是关心,只是随口问一问。

　　"还不错。"她冷冷地回答。

　　想一下觉得自己似乎缺乏礼貌,于是她又接了一句:"你看起来气色挺好的。"

　　这话不论真假,让人听起来悦耳。

　　分手之后,她也不在乎他好或坏,然而,表面的礼数总是要周到。

"谢谢你。"他果然笑了,"我太太最近生了第二个女儿。"

"恭喜恭喜。"她的微笑消失。

但还是装作若无其事的样子。

他仿佛是故意要刺伤她的。

从前两个人在一起,时常让彼此吵起来的,正是生孩子的问题。

他老是想生一个孩子,但她不要那么年轻生育。

"当初你自己说好的,至少三十岁才生。"她争取。

"是呀!"他争辩,"我今年已经三十岁了。"

"我还没有到呀!"她也不妥协,"我以为你说的是我。"

"等到你三十岁?"他非常生气,"我都老了。"

她冷嘲热讽:"是吗?那你未免老得太快了。"

他瞪她一眼。

她感觉心是冷冰冰的,像被收在冰箱的冷冻格里太久,已经冻得硬邦邦了。

"什么爱情都是假的。"她在他走后,有所感触。

分手以后,没有想过重逢是假的。

但没有想过重逢的时候,他居然还在嘴里挂一把刀。

"你结婚了吗?"他略带好奇又像是颇有优越感地问。

她在和他分手以后,就到外国去,刚回来一个星期,是回来探亲的,就在咖啡厅碰上他。

没有约好,却无意中遇到了。

世界有时很大,有时也挺小的。

他看着她,不放过她的每一个细致的表情。

她点点头。

"有小孩子吗?"他接着追问。

她又点点头:"两个,男的。"

"儿子!"他不相信,"两个儿子!"

她微笑:"你要看照片吗?"

她从皮包里把妹妹的两个儿子的照片拿出来。

"啊!"看到他失望的表情,她真高兴自己说了谎言。

鱼　说

　　我们一班女同事都不喜欢的何芝芝突然告诉我："昨天要睡的时候,我的鱼告诉我,它很寂寞。"

　　我得先说说我们一班女同事一致不喜欢何芝芝的原因。

　　凡是多读一点书的人,不管男的女的,都明白也同意内在美远比外在美重要得太多。这句话你到哪里去说,皆不会有反对的声音出现。尤其在这个讲究头脑的年代,只要是有点头脑的人,都赞成外表不过是过眼云烟,不能长久地维持,所有的人都会从年轻走到年老,凭恃外貌的漂亮无论做什么都不牢靠,而且受人轻视。

　　对了,受人轻视。

　　我们轻视何芝芝。

　　每天来上班,就像来做时装表演的模特儿,喜欢着不同样式不同颜色的衣服,有时穿得很过分,说得好听是艳丽,说不好听是像个唱戏的。最讨我们厌的还是她的面孔。

是。我们同意她长得眼睛大,鼻子高,还有一个玲珑嘴。这些虽是天生的优点,却也没有值得骄傲的!让人受不了的是她的打扮。上班为工作时间,她却打扮得像要赴宴般隆重,眉是眉,眼是眼,嘴是嘴,一概都细细地描上浓重的颜色。

办公室里的男同事,称她办公室之花,女同事没有一个服气,谁要像她一样,衣服换款换式,脸上颜色不断,谁都能成为一朵办公室的花呀!

花嘛,讲究的不过是颜色鲜艳罢了!

这一点也是造成她的约会比我们的都多很多的原因。我们不在乎约会比她少,说实在的,要是我们肯下本钱去打扮打扮,也都会和她一样,有赴不完的约会。我们只是不想把时间浪费在外表的打扮,我们要装扮的是内心之美。

每次听她说话,不管她说什么,我们都先做耻笑的神情才回答她。

这回也是如此:"你的鱼告诉你,它很寂寞?"

话从自己的嘴巴冲出口,我才听得出来她在说什么,所以我重复道:"你的鱼告诉你,它很寂寞?"

这次是用喊的,以不置信的口气。

何芝芝幽幽地叹息:"是的,我也告诉我的鱼,其实我是在安慰它,我跟它说,我也很寂寞。其实我也不是在安慰它,我说的是自己的心里话。"她顿了一顿,继续说,"我是真的很寂寞。"

"你说什么?"我怔了怔。

何芝芝是傻了还是痴了?

"我养了一只鱼,它说它寂寞。我自己又何尝不寂寞呢?"

"你和你的鱼说话?"我问。

"是我的鱼和我说话。"何芝芝纠正我的话。

我张口结舌。

有人说,爱打扮的人缺乏自信和安全感,超爱打扮的人就是严重地缺乏自信心和安全感。

他们要利用外在的美丽来肯定自己的内心。

我相信何芝芝正是如此。

我有一点点同情她。

然而,当我们看见的是她的美丽、活泼和热闹时,她却说她寂寞。

据说,缺乏自信和安全感的人容易得精神病。

眼　镜

　　顾丹红戴着她的新眼镜从眼镜店走出来,站在路边等着过马路,人来人往的,下班时间的街道最是忙碌。

　　就在人群车潮中,她的视线穿越过熙熙攘攘的人和车,望着从对街的购物中心走出来的一对情侣,居然是李文富和一个穿短裙的女人。

　　李文富的手搂在短裙女人的腰间。

　　顾丹红怔了一怔。

　　她的第一个反应是把眼镜拿下来,刚刚换的眼镜,眼镜店的老板说她的度数有了更动,需要换个新的,但是开始戴上去可能会有些不习惯,需要一段时间才能逐渐适应。

　　摘下眼镜再看,李文富和短裙女人不见了。

　　不过是几秒钟的事,她感觉到空气中的烟霾熏上眼睛,眼睛因此有了痛楚的感觉。

于是她赶紧再把眼镜戴上。

当她朝着同样的方向瞧去,李文富和短裙女人亲热地贴得紧紧地就在眼前走过来。

顾丹红有点怀疑,自己是眼花,还是真看到人了呢?

今天黄昏,烟霾比往常严重得多,听电台报告,能见度好像只有一米呢。

她从手袋里拿出手提电话,开始按李文富的号码。

"哈喽。"听到李文富的声音,她有点放心。

"是我。"她说,"你在哪里?"

"我在公司里处理一些文件。"听李文富的声音,不能知道距离,但是听得出他在的地方似乎有点嘈杂。

"公司怎么那么吵?"她略怀疑。

"我的电话出了毛病。"李文富说,"等一下再给你打电话。"

这样说来,刚才那个李文富并不是李文富。

她安心地挂了电话,一抬头,却又看见李文富搂着那个短裙女人走过来。

她吃惊,倒像是自己做了错事。

退后几步,随便走进一家店铺假装在选购物品。

玻璃外的人行道上,李文富和女人走过去。

他没有看见她，经过她面前时，还和女人低声说话。

女人的笑脸如花，顾丹红似乎听到短裙女人清脆的笑声，像一根针，一下一下刺进她的心。

"烟霾太重了。"她告诉自己。

"是的。"店里的售货小姐告诉她，"这几天都是这样。"

顾丹红勉强对她微笑。

她走出店铺，又回头往眼镜店的方向走去。

眼镜店的老板看见她回来，奇怪地问："小姐，怎么啦?"

顾丹红冷冷地说："你的眼镜做得不好，我要换一副。"

怀旧男人

她决定和他分手。

不单是因为吃饭的问题。

叫的菜上来了,荔枝鸡、甜酸鱼、清炒豆苗、紫菜汤。

刘俊健摇头:"莉雯最爱吃宫保鸡、清蒸鱼、豌豆虾球和苦瓜汤,你点的这些,不适合她。"

本来心情愉快地想吃一餐自己喜欢的菜,被他这么一说,何怡珍的脸色沉了下来,手上的筷子变得千斤重。

一顿饭吃下来,何怡珍对没见过面的莉雯喜欢的菜、中意的花、最爱的颜色,一清二楚。

"你这是什么意思?"终于她再也忍不住了。

简直就是听刘俊健在怀念他的旧情人的各种好处,他把莉雯的优点一项一项告诉她,仿佛是要她学她,又好像是对莉雯旧情难忘。

"我只是说说,只是说说罢了。"

经过几次约会,何怡珍再也抑制不住自己的不悦,开始拒绝刘俊健。

刘俊健的电话却一再地打来:"晚上一起吃饭。"

"不。"何怡珍虽然不是不喜欢吃宫保鸡、清蒸鱼、豌豆虾球和苦瓜汤,但她不想听刘俊健一再重复莉雯的食谱。

"如果我做错什么,我买个皮包送你,作为道歉,好不好?"刘俊健仿佛很有诚意。

经过考虑,何怡珍仍然拒绝了。

"莉雯最爱红色,她说这个颜色最明亮鲜明,最好看,最迷人。"刘俊健已经同她说过好多次。每回去购物,她在选衣服,他就会在一旁不知道是怀念还是提醒。

何怡珍自己喜欢蓝色。

"蓝色素淡、清雅,而且衬我的皮肤。"她说话的口气是强调式的出力。

后来刘俊健送了花过来,是米白色的水芋,竟是莉雯喜欢的花。

何怡珍向他说过的,她爱的是橙色玫瑰。

带着失望的情绪,何怡珍终于和刘俊健分手。

她不能时刻听他怀念他的前一任女友,这是一道阴影,遮去了他们的恋爱前路。

　　菜上来了,橙汁鸡、咖喱鱼头、豆芽咸鱼和西洋菜汤。

　　"怡珍最爱吃荔枝鸡、甜酸鱼、清炒豆苗和紫菜汤。"

　　刘俊健边吃着饭,边对苏清妮说。

　　饭后,走到餐厅旁的花店,刘俊健去买了一束花。

　　"送你。"他递给苏清妮,"怡珍最喜欢橙色玫瑰,她说这颜色看起来高贵雅致。"

　　苏清妮以不能置信的眼光,看着眼前这个老是在惋惜中过日子并且不懂得珍爱眼前女子的怀旧男人,手上捧着的玫瑰,虽然也是她自己很喜欢的,但她还来不及告诉他。

　　她决定和他分手。

那天去洗衣

那天,她把要洗的衣服带出去。洗衣店离住的地方不太远,所以她穿着短短的浅蓝牛仔裤和洗得泛白的打格旧衬衫就走了去。

太阳将要下山,路上车子很多,而且跑得蛮快。下班时间过了,但急着回家的人仍然在奔波。她庆幸自己新的办公室就在附近,不必像从前要人接送,更用不着在路上浪费许多时间。

停驻在一间新开的面包店外边,她在摆设于橱窗里的各种面包、蛋糕及小西饼中试图寻找没有吃过的新口味产品。最后决定,倒回来的时候,照旧选择她向来爱吃的蒜头面包。

然后提着那包未洗的衣服又要往前走的时候,她看见他在对面的停车场。路人很多,车子很多,而且离她走路的地方有一段距离,他就站在泊下来的车子旁边,她却看见他了。

她一愣，停下脚步。

他正好抬头，仿佛也看见她了，有点趑趄不前、步伐犹豫的样子。

她将视线移开，朝不远的洗衣店疾步走去。

她希望他看见她，也希望他没有看见她。

也许是一个巧合。人生总有许多巧合。

咖啡厅的音乐播出来，她愕然地看他一眼，他对她露出一个无奈的微笑。

那是两个人时常听的歌，是非常熟悉的音乐。

她还记得买那张片子时，是他付的钱。

"你喜欢的，送给你。"他看着她笑，一副"愿意为你做任何只要是你喜欢的事"的样子。

那是他送她的第一份礼物。往后那片子的旋律不断地在家里在车上回绕，一直到对每个飞扬的音符让他们觉得亲切，她都还舍不得收起来。

"还是那么动听。"吸一口气，她点头，已经可以笑得很自然。

"是。"他同意。

她奇怪的是，住在一起以后，渐渐地，不论任何事，两个人都持有不同的看法，僵持不下，结果互相讥嘲，甚至吵架，却在打算分手的时刻，反而有了相同的观点。

年轻的明信片

互相容忍是因为知道等一下就分开了吧。

包容是由于马上就要分别,这是悲伤还是欢乐的事呢?

走进洗衣店前,她再次回头,他已经不在那儿了。

有点惆怅,有点迷惘。

她把上个星期交去清洗的衣服提在手上,顺着原路走回去。

她最喜欢闻干净衣服的味道,淡淡的香味,不知道洗衣店的人用何种牌子的洗衣粉。

突然有个念头:是不是有一种可以把往事也洗掉的洗衣粉呢?

走路的时候这样想,不禁叹了一口气。

暮色已经渐渐淹没过来了。

停车场只有几根电灯柱,亮着暗淡的光,她极目眺望,影影绰绰的人在泊着的车中间走动,然而,是不是他,已经不重要。

可能刚才那个男人也不是他吧。

秘 密 食 谱

李立强有本秘密食谱。

他本是五星餐厅大厨。退休后,经营几年私人餐厅。餐厅不大,特点是不接受点菜,属私房菜。每天到菜市场买到什么食材,全部顾客的菜色一致。光顾的客人就喜欢这份神秘,不过,拿上桌的每一道菜,都由李立强亲自精心炮制。

私房菜餐厅无店名,仅有别号,大家称"老李厨房"。老李不以赚钱为主,就喜欢煮,喜欢看顾客吃了露一脸享受美味佳肴的满意神情,这样他就满足了。

李志诚大学会计系毕业,开会计公司赚不少钱,叫父亲别再营业,厨房工作太辛苦,他不想继承李立强的餐厅。他怀疑父亲秃头很可能是炉火烘烤出来的,虽请女佣帮忙,但很多时候李立强非亲自动手不可:"我的食谱不可外传。"

这点李立强异常坚持。一本秘密食谱是他的手抄本，一字一字抄写，谁也不许看。那本食谱就一本单线簿，像小学生的作业本，纸张泛黄，李立强当宝一样，锁在卧室保险箱。是那种一人高、厚重、稳固的老旧型保险箱，李立强连密码也不外泄。"只有你妈知道，"他跟李志诚说，"等我死了以后才准你们拿出来看。"口气沾沾自喜，表情扬扬得意。

　　李立强最后接受孩子的意见告别餐厅。以前的顾客，吃好以后，还会特别把厨师从厨房请出来，赞赏他的菜肴有多美味可口。这是李立强最得意开心，成就感满满的时刻。突然大家变低头族，边吃边看手机，连饭菜什么味道也不晓得。他受不了这种冷待遇。花费心思煮美味好菜，没人欣赏，空得一头一身汗水，李立强恨死智能手机的发明。

　　那个时候他还不知道，未来他对智能手机更加愤恨。

　　李立强一直是自信满满，其他餐馆的食物都不在他眼里。不管到多著名的星级餐厅，吃到排名冠军的拿手菜，李立强皆可挑出毛病。李志诚和妹妹李志信都不好意思陪父亲外出吃饭。李志信对父亲的食谱没兴趣，她是执业律师，父亲的拿手好菜，炖猪蹄、咖喱牛肉、咸菜鸭、海参煲等等，对她毫无吸引力。在饮食上，李志信是妈妈最虔诚的信徒，跟随妈妈每天减肥，不吃肥腴不吃油炸，平日只吃青菜或白煮鸡肉。

　　就因李立强手艺好却没法在家施展开来，他想尽办法要发挥,听儿子劝告关掉"老李厨房",搞得每天吃别人煮的菜肴,自己一门好手艺变成珍藏的古董,越想越不甘心。

"我要开烹饪学校。"李立强在晚餐时间宣布,桌上的菜,自制烧肉、清蒸石斑、烫青菜、酸辣拍黄瓜、茶树菇炖土鸡汤,他指着他一手弄出来的晚餐,"这么美味可口!"李志诚和李志信乍听反应不过来,张嘴结舌看着妈妈。妈妈耸耸肩:"好呀!"成日为减肥忙碌的她只要李立强不强迫她多吃就高兴了。

"可是,"李志诚善意提醒父亲,"教烹饪,即是把你的食谱公开了呀!"

不论是当大厨的岁月,还是退休不再在厨房煮食,李立强不许泄露他自己调配的菜肴食谱,他的秘密食谱是李家最高机密,属私人珍藏,谁也不许阅读或观看。

"这时代还有什么东西不公开?"李立强又气又恨。

"什么?"李志诚不明白发生了什么事情,又不敢多说。

"这什么时代!"李立强越说越怒气横生,"遇到老陈,他说智能手机一上网,什么鬼都有!"

"什么鬼?"李志信平时在律师办公室里一脸严肃,这时候笑得哈哈哈的,连妈妈也打眼色叫她收敛些。

李立强气怒:"你们都不知道,老陈在手机上打一句'咖喱鸡怎么煮',真的就出来了! 你知道吗,各种各类的,各国各族的,什么煮法都有! 还有图片呢!"李立强感觉难以接受。

没人敢回答我知道,包括妈妈,大家假装忙碌吃饭。

"智能手机是谁发明的?"他恨恨地问。

没人回答他我们已来到一个"所有的问题都不是问题,只要智能手机一搜索就可以查到答案"的时代。

李立强愤愤不平,他手抄的等死了以后才可公布的秘密食谱还收藏在一人高的保险箱里头呢!

重　逢

　　他看到她的时候，已经来不及后退。

　　推着购物车的她，一头削得薄薄的短发，看起来俏皮活泼，甚至比从前更年轻。

　　一个大约五岁的小男孩跟在她身边，正抬头在和她说话："妈咪，你总是买你要煮的菜，我喜欢的朱古力还没买呢！"

　　她笑的时候，还是那么好看，眼睛眯着，鼻子皱着，酒窝闪着："喏，这不就是吗？"

　　手上扬着孩子的朱古力，然后放进购物车里，转过来看到他的时候，她的笑容仍然充满阳光："啊！那么巧？"

　　他像有点迫不及待："你的孩子？"

　　眼光恋恋不舍地看着长得像她的男孩。

　　"大家都说长得像我。"她依旧微笑。

"是的。"他冲口而出,"尤其是眼睛和嘴巴。"

当年他望着她的眼睛:"你脸上最迷人的部分。"

当年他抚着她的嘴巴:"你脸上最美丽的部分。"

她有点惆怅,但以笑容掩饰:"他小时候,人人都以为是个女婴。"

"听说男孩长得像妈妈,比较好命。"他说得非常有经验似的。

"是吗?"她淡淡地回答,"希望如此。"

一出世就已经没有爸爸的孩子,会好命吗?

"我可以抱抱他吗?"他问,充满期待。

"小宇,让叔叔抱抱好不好?"她蹲下来。

小宇望着陌生人,紧闭着唇摇摇头。

他失望。

"他爸爸没有一起来?"他转了话题。

一丝伤感在她眼中闪过,但他没有看见,他的视线还是在小宇身上。

小宇说:"我没有……"

她急急回答:"他爸爸最近出差去了。"

他"啊"了一声,重复刚才说过的话:"孩子长得真像你,很好看。"

"我要赶回去了,有点事情。"她逃避似的推着购物车走了。

他望着前妻的背影,曾经有过美好的日子,但一切都远逝了。

他本来以为他们有复合的可能,然而听到她带着一个孩子在生活,他就再婚了。

他盼望妻子也为他生一个孩子,但医生说不可能。

她的脚步加快,小宇叫:"妈咪,你慢点呀。"

她担心他会追来,她更担心他会发现小宇原来是他的孩子。

不过是小小的事,闹了离婚,等着他来找她,结果等到他再婚的消息,她原有的希望之火熄灭了。

命运在远远的角落,嘲笑地看着这对重逢的男女。

杯碎的声音

　　每次走过这间设在市区小路的茶坊,没有停下脚步,只是行过门口,李蕴红都会听到茶杯掉在地上,那清脆的碎裂的声音。

　　听到方正强的建议,李蕴红有点诧异:"你说去茶坊喝茶?"

　　"是的。"他的语气居然是肯定的。

　　虽然方正强有喝下午茶的习惯,但他向来不喜欢喝中国茶。因为当年在英国念大学的时候,他每天的下午茶,是加糖和添奶的红茶。

　　"加了砂糖和鲜奶的西洋红茶配杏仁蛋糕,不只香甜可口,而且有提神的作用。"方正强嚼着切片的杏仁蛋糕。

　　皱着眉头,李蕴红用小匙切一块自己唤来的纯乳酪蛋糕:"你不觉得杏仁有股怪味吗?"

她其实不喜欢红茶,也不喜欢杏仁,但她喜欢方正强。

"杏仁的可口正是在于它特殊的香味。"他津津有味地吃着。

有时候李蕴红也有挫折感,因为爱,有些事不能不妥协,比如不爱红茶也勉强陪他去喝。但是对杏仁蛋糕,无论怎么样她都不想尝试。

正如方正强不愿意接受中国绿茶一样:"有青草的味道,而且既不甜也不香,一点都不好喝。"

"但是中国茶可帮助消化,可去油腻,可减低胆固醇,很有药效哟!"她总不忘记找机会试着游说他。

"你听过 19 世纪英国最伟大的政治家威廉·克莱斯顿写的颂茶诗吗?"他也时常在言谈间试图影响李蕴红,"寒冷若你,茶将为之温暖;激愤若你,茶将为之安定;沮丧若你,茶将为之开怀;疲惫若你,茶将为之抚慰。"

"咦——"念完诗,他突然像发现了什么,大笑起来,"听起来,西洋茶也深具心理疗效呢!"

两个人相互努力去怂恿另一个人,而两个人也都坚持自己的喜好,立场坚定,始终没有谁被说服,没有谁为对方做出改变。

所以李蕴红听到方正强约她到茶坊,抑制不住内心的诧异,并且以为自己听错了。

灿烂阳光被厚玻璃隔开了。幽静的茶坊里,有轻音乐在空气中流荡,声音隐约,若有似无,室内浮游着一种悠闲的意味。

"碧螺春。"李蕴红稍带兴奋点了自己喜欢的茶。

这是一个意外,她做梦也没想到方正强愿意选择到茶坊来喝中国茶。

"啊,对不起,没问你意见。"她向他道歉,"碧螺春可以吗?"

耸耸肩膀,方正强无动于衷:"都一样。"

对他来说,中国茶就是中国茶,是哪一种皆无分别。

雀跃的心情流露在李蕴红脸上:"我实在非常高兴……"

认识方正强一年多,她明白他的固执。

她也不是一个容易妥协的人,正因如此,她才为方正强的低头而感动。

"其实中国茶是很好的。"李蕴红过于开心,反而说不出话来。

"我也同意。"方正强淡淡地说,"但我还是不喜欢。"

因为爱,一些陈旧的秩序将要被打破了。充满幻想的李蕴红益发激动。方正强仍然不喜欢,但他愿意牺牲自己的喜好来讨好她。

原来被包涵纵容地爱着的感觉是如此幸福美好。

"或者,我们一个星期喝一次中国茶就够了。"

她觉得自己也应当表示自己的诚意,笑意盎然地说:"明天下午我们去花茶之室喝西洋茶。"

茶坊的小姐捧来一壶碧螺春。

李蕴红兴致勃勃并且温柔地倒茶,边说:"好香。"

保持沉默的方正强一直没有开口,仓促间就要把茶喝了。

"小心,很烫!"李蕴红赶紧警告他。

"啊!"来不及了!方正强果然被滚热的茶烫着。

一向喜欢喝热茶的李蕴红,也没等凉些就把茶杯端起来。

这时方正强吞吞吐吐、略带艰难地透露:"我最近,认识了一个,喜欢喝西洋茶的女子。"

拒绝的话不过是一个短句,但他分了三段,才把一句话讲完。

"啊!"她被溢出茶杯的茶汤烫伤了,惊慌失措间,还没意识到忧伤和痛楚,一失手,白底蓝花的茶杯坠落在地上,碎了。

他们是在离开茶坊以后分的手。

有很长一段时期,她甚至不敢走过这条市区的小路。

因为她担心茶坊的小姐,会把店里的茶杯都打碎了。

每次走过这间设在市区小路的茶坊,没有停下脚步,只是行过门口,她都会听到茶杯掉在地上,那清脆的碎裂的声音。

原谅迟到

吴志成每个月一定回乡一次。

他再返回城里时,往往就带来陈妈妈托他转给陈为强的乡下土产,蔬菜和水果的次数最多了。

又是领薪水的时候,当吴志成接过陈为强要托给陈妈妈的钱时,忍不住问:"为强,你已经两年多没有回去了吧?"

陈为强像被提醒了,一怔,想了想,回答:"是的,有两年多了。"

吴志成略带深意地问:"你不想念家乡吗? 你不想念你妈妈吗?"

陈为强乍然间不能回答,他虽是张开嘴,却一句话也没说,掉头走了。

他浓郁强烈的思念像一杯醇厚的卡布奇诺咖啡,上面一层白色的泡沫仅是一抹掩饰，底下沉着的黑黝黝的苦味才是他的真心。

吴志成见到陈妈妈时，心里就对陈为强生气，因为陈妈妈老是问："阿强近来好不好？他什么时候要回来？你问他一下，告诉他我想念他。"

捧着一大袋芒果，吴志成交给陈为强，口气不悦："你妈妈问，你什么时候才要回去？"

阴沉着脸的陈为强冷冷地说："等她一个人住的时候。"

原来如此，听到这话，吴志成恍然大悟。

"你妈妈以前一个人住的时候，你一年回去多少次？"他也冷冷地问陈为强。

仿佛问题很难似的，陈为强愣着，答不出来。

过了一会儿，他低声说："一年至少也有两次。"

"两次？"吴志成哼得重重的，"一年回两次，也说得出来。"

一言不发，陈为强的心事跑上眼睛，双眼好像生出水雾。

吴志成告诉陈为强："你妈妈生病了，你还是回去探望她一下吧。"

"除非那个男人不在。"陈为强仍然强硬地坚持。

"什么那个男人？"吴志成觉得火大，"你妈妈为了你，守寡十多年，好不容易你能够独立自主，她才找个好男人嫁了，不过是希望年老有个伴，你怎么——"

"既然都已经守寡那么多年,为什么不继续守下去?"陈为强的想法像个顽固的老人。

他一直记得,妈妈再嫁的时候,他也回乡下去了,有一个朋友脸露讥嘲的微笑:"你的妈妈真是不甘寂寞哟!"

为了这一句话,他对妈妈不只是生气,还有深深的怨恨。

他觉得自己的面子不知道应该往哪里搁。

陈妈妈去世了。

陈为强领了薪水,又来找吴志成。

吴志成正要出门,准备回乡下,他脸色诧异:"怎么,你妈妈不在了,你这钱要给谁?"

"请你帮我把这两百块,带给那个男人。"陈为强低声说。

分手演习

　　墙上挂的那面雕花木框椭圆镜子,是他自沙巴出差回来时送的生日礼物。

　　开始的时候,她是坐着说的:"对不起……"

　　话才出口,她就停下来,没有继续。

　　为什么我要说对不起呢? 她想。

　　没有理由那样低声下气的,并不是她的错呀。

　　"请你原谅我……"她再度开口。

　　却再次中断,叹息以后,接不下去。

　　对他,她做了什么错事吗?

　　既然没有,为何要求他原谅?

　　"我不想再这样下去……"语气柔弱无力,像水草漂在水上,无所依靠,十分彷徨。

每一次相聚的时候,令人心酸的分离永远于下一分钟在门口等着;分离的时候,一颗心又殷殷切切地渴盼着美好的相聚时间快快到来。

倾心相遇,却在相知相惜后不能相守。

生命总有遗憾,现实中的无奈、苦涩、辛酸只有自己和自己的心知道。

而他会有什么反应呢?

拉着她,不让她走?

也许这是她的期盼。

后来她发现,如果姿态是坐着的,讲完话要走的时候,似乎不太利落果敢,不只是拖泥带水,还会把她内心的依依难舍显露无遗。

于是,她站起来,做个决绝的姿势,声音却微微地颤抖:"我看,我们,就到此为止吧。"

仿佛听到自己忧伤的哽咽在喉头徘徊,鼻子也跟着阻塞,似乎有凄迷的鼻水就要流出来的样子。

真像在写小说呀!如果这是小说,她读到这里,一定会大笑。过于老土毫无创意,重复别人一再写过的桥段,泛滥得可笑。

她喜欢大笑,开心的时候,忘形地拍着手掌大笑。

很多事情,包括痛的感觉,发生在别人身上,都可以忍受,甚至能够以嘲笑的心情和讥讽的眼光去观看。

当故事的主角换成自己，她低下头，那种怆恻痛楚的感觉格外深刻刺骨。

"今天最后一次见你，以后我不会再答应你的约会了。"她对着镜子，苦涩地做最后的演习。

讲完，她在恍惚间听到破碎的声音，像玻璃坠落在地上，她以为是眼前的镜子锁不稳，掉下来了，低头一看，碎裂在地上的是她血红而黯淡的心。

突然她回忆起小学三年级的那一年，她也是频频对着镜子练习演讲，每天非常努力地伫立在镜子前，用心地背着演讲的故事内容，哪个句子要强调，哪个词语要轻声，当她充满信心地上台时，比赛结果宣布，她落选了。

今天的练习，结果是成功还是失败呢？

演讲比赛的成绩在于评审，今天做决定的是自己。

可是，她轻轻叹息，她对自己完全没有信心。

像这样的演习，她已经反复练习了半年，每次一见到他，所有预先想好的，关于分手的话，一句都说不出来。

明知是艰难的，她还是咬紧牙根竭尽全力："我们，我们还是分手吧！"

一听到这话，镜子里的人，眼泪噗地，像一朵开到荼蘼的茶花，一整朵掉了下来。

美　女

咖啡厅里氤氲着像梦想一样美好的馥郁香气。

方素香看着她桌上的咖啡,奶泡上还拉着一朵笑脸的花,为恣意弥漫的咖啡味道增添了温柔和惬意。

她拎起杯子,没喝又放了下来。

只要她呷一口,笑脸的花就不见了,她有点不舍。

坐在她对面的苏曼晴突然说:"我真想学习你的温柔。"

"我?"方素香略吃惊,以为自己听错了,"我温柔?"说后自己笑出声来,"你有搞错吗? 哈哈!"

苏曼晴睁大眼睛,很认真地说:"有件事……"她想了一下,接下去说,"这么多年来,搁在我心里很久了……"

方素香做一个疑问的表情等她说完。

苏曼晴停了一下,没有继续。

方素香不问,她了解苏曼晴,她不说,谁也别想从她嘴里找到什么。

她喜欢和苏曼晴在一起,原因就是苏曼晴的守口如瓶。

方素香不喜欢冷咖啡,咖啡一冷,那醇厚的香味变得淡薄,还比不上喝一杯茶,可是她实在不忍心毁掉那拉花的奶泡笑脸。

苏曼晴喝的也是咖啡,却是黑的,连糖也不加。"我喝咖啡,你喝的是奶,或者是糖。"

两个好朋友,却各有自己的思想和不同的选择。

苏曼晴对加糖或加奶的咖啡不屑一顾,并且坚持自己是择善固执的坚持。这时,也许她也察觉到自己的动摇了吧,所以才久久开不了口。

方素香仍不追问,她看着冒着奶色泡泡的美丽咖啡笑脸,思考着:喝?不喝?

"你知道吗,"苏曼晴终于忍不住,揭露心中的秘密,"我仰慕你很久了。"

方素香张口结舌。

苏曼晴单眼皮,微翘的嘴角,眉毛细长,尖下巴,长得像中国的古典女郎,是她心目中典型的美女形象。

方素香从开始认识苏曼晴,就羡慕她的美貌了。

突然福至心灵,方素香声音变得颤抖:"曼晴,我先说清楚,我不是'同志'。"

现代社会，女人跟女人说仰慕，很可能是在示爱。想到这里，方素香拎起咖啡杯，喝一大口，掩饰自己心里的恐惧。

她没有心情再观看咖啡杯里的奶泡笑脸是否还在。

"素香你别搞笑。"苏曼晴斜斜地白她一眼，"我喜欢男人啦！"

她的微笑让嘴角俏皮地往上扬，眼睛眯得更小，一副媚眼如丝地诱人，方素香觉得这正是美女魅力之所在。

"我说的是你的浓眉大眼，还有厚厚的嘴唇，圆圆的下巴，真好看。"苏曼晴终于把话说完，"坦白说，我想去整容。"

"整容？"方素香再一次吃惊。她多年来羡慕的美女，居然想整容！

"是的。"苏曼晴点头，"想把容貌整得像你一样。"

方素香目瞪口呆。为了想要有一副古典女郎的外貌，她已经存钱一段时间，并且从朋友口中探听了有关整容的情况，只是还没有决定，整容手术是留在本国或者去韩国进行。

苏曼晴突如其来的一句话，令她慌张不已，她没有一点兴奋，赶紧用咖啡来镇定自己，美丽的奶泡笑脸消失在她口里。

"我——我才是想去整容的人，我想要整得像你一样美丽。"方素香把这句话和着咖啡一起咽下去。

两个做着美丽的梦的女人，都不再看对方的脸，各人喝着各自的咖啡。

咖啡厅里照样氤氲着像梦想一样美好的馥郁香气。

她只要离婚

她只要离婚。

听到有朋友离婚,大家都会不胜唏嘘,那是从前。

时代让离婚趋势增加,离婚数据更是年年攀高。

有人笑说,要是股票数据就好了,只有上升没有下跌。

这话她听到就笑,那是从前。

现在听到有人说离婚,她开始深思。

手机响起来,悄悄看一下显示的号码,是老同学苏启良。

当然要接的。

人在时间里的变化,自己有时候恐怕不晓得。从前手机一响就接,根本没注意来电的人是谁,后来,为了避开有些人的声音,为了不想听某些人说话,就选择性不在,意思是不接电话。

私人专用的手机,接电话的人永远是自己,怎么回答"她不在"呢？不接就等于是这个意思了。

苏启良没有客套话，开口就问："怎么啦？可以说说吗？"

老朋友的好处是不必把话说尽。就这么两句，她就知道苏启良也知道了。

霎时间不晓得怎么开口。

苏启良自己的问题也还没有解决。他和太太关系冷淡得周边的朋友都感觉到了，他却从来不说一个字，烦恼收在心里，却打电话来安慰她，可见他是真的关心自己。身边有这样的老朋友，她的眼圈红了，但没有出声，苏启良在电话那头劝告："刚开始，你就别把他往外推，给他机会吧。"

她担心自己开口会忍不住生气，甚至骂人。

"你就原谅他吧。"难道是男人站在男人的立场替男人说话吗？"这样的事也不少见。但你先让他人回来，感情才有机会回来。"

"其实，我早知道了。"她决定开诚布公，"结婚前已知道了。所以这种事不是第一次发生。"

年轻就是蠢，别说没见过世面，就连如何应对一桩不诚实的爱情也不懂。那个时候连结婚日期、婚纱、宴会餐厅、结婚戒指全都定好了，发现李向荣和别的女人一起。晴天霹雳，一心一意只想把李向荣拉回来，单纯地以为有了婚书的约束，他必定自动结束与别的女人的恋情。没有想过，应当狠心结束这段爱情,不要走进结婚的殿堂,就不会有今天的悲伤。

后来才知道婚前被她发现的那一次不是第一次,结婚后还继续同别的女人来往,怀老大的时候,他另外有女人,坐月子的时候发现,他不承认。李向荣没有一次承认,但那么多人都看见,甚至在李向荣的手机里,也有和女人的亲密合影,还有亲密短信对白。她还存着憧憬生老二吧,成为两个孩子的父亲后,他更加成熟,会变好起来的。

苏启良愣得说不出话来,原来她早知道了。

"那为什么还要结婚?"

她还能够笑出声来:"自以为力量强大,认为爱情的力量足以克服一切困难。"

起初是不服输,以为争赢就是胜利者,可是,结婚并不是拥有一个人。他照样一次又一次,她用犯错这词,李向荣却死不承认,"没有呀没有呀!"坚决推搡,所有的女人似乎都是子虚乌有,讲到最后变成是她的幻想。

一纸证书不能保证爱情美满、婚姻幸福。

人到手了,可是,心没跟着来,况且,后来她才发现,李向荣不像是有颗心的人。一切可能变好仅是她自己在幻想,也许应该叫"误会",清醒以后,她带着两个孩子离开。

没有对外宣布,小城就这么小,左边右边都是亲戚朋友,一下子好像大家都知道了。朋友来电话安慰都是一番好意,没想到她的口气并非大家想象中那么悲伤哀愁，反而还倒回来安慰别人。

"没事的，你放心吧。"她的安慰让苏启良打电话的目的落了空。

她提离婚，李向荣反对："为什么要离婚？我不要离婚。"

他不要离婚，当然，结婚后，一切家用承担，包括孩子们的生活费用，都是她在负责。当她仔细思考，也觉得，如此轻松，如果是她，她也不要离婚。

但她决定要离婚。

离婚妇人，多难听呀！朋友相劝。

所有的同情与安慰，所有的轻忽和蔑视，都可以不顾，她只要离婚。

她没说出口的是，她要的，其实是她自己。

美丽异木棉的误会

我一直以为这是紫荆花，因为花的颜色和形状。可是，深秋的下午在小山径上锻炼的时候，遇见它，带我去小山丘爬山的朋友说这花叫美丽异木棉。

这误会未免太久了吧？

从一开始看见，便叫它紫荆花，这么多年过去，朋友才说不是，但它明明长得就像我认识的紫荆花。

朋友指着它："美丽异木棉的叶是椭圆形的，而紫荆的叶是阔卵形；美丽异木棉的花中心为白色，雄蕊集中在一起，包着雌蕊，而洋紫荆的花为淡红色杂以紫色，有多个雄蕊。还有，美丽异木棉树的树干长满锥状的尖刺，让人不敢靠近。"

朋友解释完还笑着说："它的花瓣较长较瘦，最显著的分别是它的花瓣是曲线的。"

这样一分析便很清楚。可是,有些东西经不起分析,有些东西还是不要分析吧。

然而,这一分析却叫我多认识一种花,也没有不好。

到小山丘爬山回来以后,我决定和男友分手。

朋友听说我和男友分手了,她略吃惊:"你们,都这么多年了,为什么?"

我没直接回答,我说我们去小山丘看美丽异木棉吧,秋天是它盛开的季节,这个时候花开得最灿烂。

有些误会在某个时候,突然真相大白,也是好事。

美丽异木棉在秋日的风中晃着,夕阳给它的红紫色添加了绚艳明亮的光彩。

寂寞的约会

约会时间到了,两个人准时抵达,坐下来,叫了咖啡,点了餐,音乐的旋律优美,但没有人欣赏,两个人各自拿出手机,低头办事。

低头族的年代,没有谁责怪谁。谈恋爱的时候,两个人对着手机低头忙碌,似乎也变成正常的现象了。左瞧右望,餐厅的人莫不如是。

智能手机刚发明,大家都以为节省时间的机会来了,无论公务私事,都获得迅速处理。没想到,手机在哪儿,事情便跟到哪儿,从此再无清闲时间,就算在休假,只要带着手机,事情追到眼前来,不得不即刻办理。

应该马上回答的都回了,应该即时处理的都理了。她想一想,把手机摇一摇。同事小陈早上告诉她,无聊的时候,打开微信,把手机摇一摇,附近就有你认识的人,可以约过来一起喝个茶吃个饭,或者就用手机微信聊天。她没有出声,静静地把手机摇了一摇。

他把公事私事都处理好,想起前两天把手机一摇,便认识了一个美女的事,情不自禁把手机摇了一摇。

两个人在各自的手机看到了彼此的照片,一起吃惊,抬头对视一眼,又把视觉焦点对着手机,都低头,不说话。

菜来了,两个人沉默地吃饭。回的时候,各自开自己的车回去。

她约我吃饭,告诉我他们分手的消息和原因。两个人在一起,都觉得寂寞,却还想着是不是有别的机会,还是分手的好。她看似有点黯然,嘴角却显露出不会回头的坚决。

写出自己的远方（代后记）

来自马来西亚的我，真正的华文教育只有小学六年。在马来西亚，官方语言是马来语，英语则为通用语言，华语在受过华校教育的人的圈子里使用广泛。处于多种语文环境，土生土长的我以华文写作，是一种文化选择。没老师指导，没机会接受专业训练，连华文语境也没有，什么都没有，有的是努力和坚持，自己努力制造华文语境，坚持用华文写作。

在海外无法系统性读书，也不能自己寻找喜欢的书来看，一切看机缘。遇到什么书，便成为什么样的作家。从一开始埋头以华文写作，便是一个人走在路上，没结文友，主要是身边极少中文写作的人。势孤力单，无人切磋。拼命找中文书阅读，自己乱写，却一直没放弃。

创作初始没刻意讲女权。基于维护自己民族的语言文化，目睹社会存在的男女不平权现象，作为女性作家的我开始醒觉，难道女作家不应该为女性发声吗?

这个时候正好开始创作小小说。对小小说毫无认识之下走进小小说。小小说是个新文体，成为喜爱创新的作家的新诱惑。因缘际会之下，我的小小说喜欢刻画两性关系，试图从两性看人性。

台湾已故小说家李永平曾在一篇访谈中说:"读朵拉的文字时不时没道理地想起香港作家林燕妮，香，但有手起刀落的残忍，明明是关照女性，偏留下那么多遗憾。柔弱和决绝的往往是同一个人的两面。写男女有这么多故事，真稀奇。大抵取样边界宽阔和留心生活细节一个都不能少。难得她书写平而不淡，香而不腻，很藏得住。"

诺贝尔文学奖得主莫言作为 2013 年"黔台杯·第二届世界华文微型小说大赛"的终评委主任，读了来自世界各地华文作家的 8000 多篇参赛的微型小说以后，在获奖作品集里，唯一一篇写下评语的，是我的《那日有雾》，评语如下:"富有诗意，充满象征意味，突破了微型小说写作中司空见惯的模式。"

两位文学大家对我的小小说评语，是我前进的动力。

我把小小说当成艺术，艺术是高度个性化的，艺术的感受因此非常个人。作为艺术创作者要解决的一个最基本的问题是建构自己的审美体系。审美能力却不是一朝一夕养成的，如何提高审美能力那是另外一个课题。我个人的审美里头，小小说不能只有一种，就是大家不断地歌颂的"高大上"，或是非此不可的"道德情操"，或是只讲究"结尾惊奇"。小小说还可以要多一点，比如有趣味、有格调和有境界。大家在微信上拼命灌鸡汤："生活不止眼前的苟且，还有诗和远方的田野。"

远方不一定要走过去，艺术创作者的神奇之处，就是能够把远方拉近来。远方就在自己的笔下，诗人以诗的形式，小小说作家以小小说的形式，写出自己的远方，实现自己的梦想。

所有的艺术创作者只有一个梦想——"创新"。